転生幼女は優しい家族と
ほのぼの異世界ライフを楽しみます
～救国の大聖女らしいですが、のんびり暮らしたいので
チート魔力はナイショでしゅっ！～

蛙田アメコ

目次

Yasashii kazoku
honobono isekai life
転生幼女は優しい家族と
ほのぼの
異世界ライフを楽しみます
アインツ・フォン・エーベルバッハ
帝都シャガール騎士団の若き隊長。「シャンガル帝国の三守護神」の一人。名門貴族の生まれで、生真面目でまっすぐな心根の持ち主。学生時代からノアルとは成績を競い合うよきライバルだったようだが…？
ノアル・シュバルツ
帝国に仕える隠密部隊のエース。卓越した体術や凄腕の隠遁術で皇帝に仕える「シャンガル帝国の三守護神」の一人。城にやってきたサクラの護衛を務める。クールで冷静沈着だが素顔は情に厚くて初心。
サクラ
過労により急逝した元アラサー社畜OL。気が付くと大人気オープンワールドゲームのチートキャラに転生していた。今世こそのんびり平凡に生きるため、力をひた隠すことを決意するが…？

CHARACTERS
ダン
サクラの父親。
お人よし過ぎてサクラから
心配されている。
妻と娘を溺愛している。
元ハンターで、皇女だった
アマンダと禁断の恋に落ちる。
アマンダ
サクラの母親。愛情深く
気立てが良い美人。
夫と娘をこよなく愛している。
家族3人慎ましく幸せに
暮らしていたが、実は帝国の
姫であることが判明して…!?
メアリー
実直で真面目な、仕事のできるメイド。
城でのサクラのお世話役。
実はメイドとは別の裏の顔があるようで…？
皇帝陛下
シャンガル帝国の皇帝。
「魔塵症《まじんしょう》」と呼ばれる病から
帝国を救うため、
異世界から聖女を召喚する。
表向きは厳格だが、
実はサクラにはメロメロで…？
リリィ・フラム
帝国お抱えの美少女魔術師。
ノアル、アインツと並ぶ
「シャンガル帝国の三守護神」の一人。
サクラの魔力量を早々に見抜く腕利きで、
様々な事象を見通す魔眼を持つ。
キャサリン
アマンダの腹違いの妹。
アマンダをねたみ、長年呪いをかけていたが
サクラの力で悪行を暴かれる。

第1話　生まれなおしました

生まれなおしたい。
ずっと、そう思っていた。

中学生の頃からずっと、家事と祖父の介護をしていた。
ヤングケアラーってやつだ。
親は忙しくて、あまり私に注意を払ってくれなかった。
――『あなたがいい子で、助かるよ』
いい子でいれば、報われる。
幼い頃に何度か言われた言葉を信じて、いい子を演じ続けてきた。
当たり前の青春？　なにそれ、おいしいの？
やっとのことで入社したのは、ありふれたブラック企業。
介護と会社の二重生活で慢性的な睡眠不足。
――そんな日々に辟易《へきえき》していた。

『生まれなおしたい』とか、もっと直接的なワードを検索しては、そのたびに出てくる『今すぐ相談する』『独りで悩まないで』という余計なお世話としか言いようがないメッセージに舌打ちをしていた。

いつか転職してやると思いながら、その「いつか」を先延ばしにしていた。

……その矢先に、祖父が亡くなった。

眠っている間に、苦しまずに逝ってしまった。大往生だった。

祖父のことは大好きだった。

数少ない幸せな思い出は、元気だった頃の祖父がくれたものだ。

脳梗塞で倒れる前の祖父は、忙しい合間にも私のことを可愛がってくれた。

だから、介護生活も耐えられていたんだ。

その反動で、祖父が亡くなってからぷっつりと緊張の糸が切れてしまった。

社会人六年目の、春だった。

私は一体、なんのために生きているのだろう。

生まれなおしたい。

当たり前の子どもみたいに、家族に思い切り甘えてみたい。

そうして友達みたいに部活や受験、趣味や恋愛に打ち込む青春をやりなおしたい。というか、いっそハワイ在住の石油王の娘にでも生まれて、南国でのんびり過ごしたい。

ああ、生まれなおしたい。

このご時世、親も生活費を稼ぐのに忙しかったことも理解しているつもりだ。忙しさのあまりにコミュニケーション不足で家族の仲がよくないことも、ありふれた話だ。手が空いている私が、身体が不自由になった祖父の介護や家事をするのも仕方のないこと。

祖父のことは好きだったし、両親のことは恨まないようにしようとした。

だけど、職場。いつもキレぎみの課長と、課長のお気に入りのお局社員。

お前らはダメだ。

セクハラやパワハラ、スーツに染みついた煙草《たばこ》とどぎつい香水の臭い。

まったくもって耐えがたかった。

それだけじゃない。

お局様が溜《た》め込んだ書類や課長がいいかっこしたせいで発生した無茶ぶりのせいで、いつも事務方である私の業務はカツカツだった。けれど、私のような能力も資格も乏しい人間は転職することもままならない。

生まれなおしたい。

ハワイの石油王の愛娘じゃなくても、アラブのＩＴ長者の御曹司でなくてもいいから。

景気のいい時代の仲睦まじい家庭に生まれて、人生を謳歌《おうか》してみたかった。


——そんな、ある日のことだった。

私は終電で帰宅して仮眠をとっていた。

数時間後。ほとんど疲労も回復しないまま、朝一番の会議で課長が使う資料を整えるために早朝出勤しようと起き出した。

団地の片隅にあるおいなりさん的な祠《ほこら》に走り、お掃除を猛スピードで終える。

祖父が昔から手入れをしている、地域の守り神っぽい祠だ。

といっても、誰も拝んだりしないから、私だけが毎日その祠の手入れをしている状態だったのだけれど。

小さい頃からの日課だし、祖父が大切にしていた習慣だから、祠のお掃除はどんなに疲れていても、嫌なことがあっても、欠かしたことがなかった。

ふらふらの状態で、駅に向かってダッシュ。

満員電車でもみくちゃにされて、やっとたどり着いた会社最寄り駅。

駅の階段を上りきった瞬間に意識を失って――。

「で、あっけなく死んじゃったってわけ？　人生は儚《はかな》いなぁ」

というわけで、私、中村櫻《なかむらさくら》は今、謎空間にいる。

星々の海。

光の奔流。

流れる虹の雲。

上空を泳ぐ、お魚の形をした淡く光る未確認飛行物体たち。

うん、たいへん幻想的な光景である。サイケデリック・夢カワって感じだ。

なるほどね。

……こりゃ、死後の世界ってやつですわ。

おそらく、過労による心不全か何かで私は死んだのだろう。よく聞く話だ。

生まれなおしたい――そう思っていたのは、生きていた頃の話だ。

ああやって過労死してまで、また生きたいとも思えない。

「死後の世界くらい、ゆっくりしたいなぁ！」
謎空間を流れる、サイケデリックな虹色の大河に流されながら呟《つぶや》いた。
どうせ、これも死ぬ間際に見る夢だろうしね。
でも、そのときだった。
『――そうはいかないですよ！』
透明感のある声が囁《ささや》く声が聞こえた気がした。
初めて聞くはずなのに、なぜか懐かしい声だった。

◆

「……クラ……、サクラちゃん？」
柔らかい声で、名前を呼ばれている。さっきの声とは少し違う女の人の声だ。
（うん？　私、死んだはずじゃ……？）
瞼《まぶた》を持ち上げる。
やたらと眩《まぶ》しかった。
（うわ、まぶしっ！）
目をこらすと、声の主っぽい綺麗《きれい》な女の人が、私の顔を覗《のぞ》き込んでいる。
髪色はかなり白っぽい金髪だが、それに反して顔立ちや身なりは地味めだ。
要するに、清楚系《せいそけい》美人だ。

「まぁ、サクラ。なんて可愛いのかしら」

なんだ、なんだ？

こんなナチュラル美人に「可愛い」だなんて言われるようなビジュアルではないはずだけれど。

私は思わず、声をあげる。

「おぎゃ」

おぎゃ？　なんだその泣き声は。

もしかして、今のおぎゃって私の声？

驚いていると、女の人の後ろから、優しげな男が現れた。

「もう返事ができるのか。賢い子だね」

「はい。さすが、聖なる日に生まれた子ですね……もしかしたら、この子が女神様の遣わせてくださった救世主かも？　なーんてね」

「ははは。ただの言い伝えだろう。同じ日に生まれた赤ん坊は帝都だけで何十、何百人もいるだろうし」

「ふふ、そうですね。親馬鹿がすぎました」

親馬鹿、と口にしながら照れ臭そうにしている美人ママ。

「まあ、女神様が遣わしてくださったっていうのは同感だな」

「え……？」

「そうだろう、私の女神様？」

「まあ、あなたったら！」

わあ、いちゃついている。

美男美女である。絵になっているのが、うらやまけしからん。

私は思わず、「おぎゃあ……」と呟いた。

だって。目の前で、両親（仮）がいちゃついているのだ。

「あら、どうしたのサクラ」

金髪のナチュラル美人……暫定・私の母が、慌てて私を抱き上げた。

そう。彼女はたぶん、私の母だ。

だって、私は見てしまった。

暫定母の深緑色の瞳に、とっても可愛い赤ちゃんが映っているのを。

とっても可愛い赤ちゃんは、もちもちほっぺで、薄いピンク色の髪の毛に若葉色の瞳をしている。

もみじのような小さくてキュートなおててては、私が手を握ったり閉じたりするのに合わせて、にぎにぎと動いている。

状況証拠が揃《そろ》いすぎている。

これって、つまり。

（転生だ、これ！）

まさか、自分の身に降りかかるとは。信じられない。

（しかも、聖なる日に『女神の子』、このビジュアルでサクラって……）

用語に聞き覚えがあった。

残業中、耳が寂しくてよく流していたゲーム解説動画。

実際にプレイする時間なんて、とてもじゃないけれど取れない。

大人気のオープンワールドゲーム『ファンタジック・フェアリー・ゲート』……公式イラストが可愛らしくて、ぐっと惹きつけられた。

自分でプレイする時間なんてなかったから、細かいシナリオやプレイスキルはあまりわからない。

けれど、実装されたキャラクターの性能や世界観設定を解説する動画を視聴するのは楽しかった。

ゲームそのものを知らないのに、解説動画だけって我ながら変だなと思う。

けれど、ファンタジー世界や素敵なイラストのキャラクターたちの生活や人生に思いを馳《は》せるのは、現実逃避にぴったりなのだ。

そして、私のビジュアル。そして、名前。

通称ＦＦＧにおいて、チート級の性能を持つキャラの設定そっくりだ。

自分と同じ「さくら」という名前だから、印象に残っていた。

味方に超強力なバフをかけたり、自らの強大な魔力を分け与えたり、とにかく大聖女の名に恥じないステータス。サクラを持っているかどうかで、ゲームの難易度すら変わってくると評価され、攻略のための絶対必須キャラなんて呼ばれていた。

『ファンタジック・フェアリー・ゲート』の人気キャラ、大聖女サクラ。

……サクラには、ファンの間で呼ばれている二つ名がある。

『過労死聖女』だ。

経験値稼ぎや素材集めを目的とした、周回プレイに絶対に駆り出されることからついた、かわいそうすぎる愛称である。

ゲームの設定上でも、「大聖女」というのは世界の安定のために休むことなく働いている献身の象徴だとか。

（い、い、嫌だぁぁあぁ～～～!!）

最悪だ。

めちゃくちゃ可愛い赤子に転生したのはいい。

たぶんとっても優秀なステータスを持っているっぽいのもいい。

でも、どんなにルックスがよくて能力が高くても。

転生してまで過労死なんて、まっぴらごめんだ！

っていうか。

普通はやりこんだゲームとか、めっちゃ詳しいゲームとか、そういう世界に転生するものではないのか？

『ファンタジック・フェアリー・ゲート』は、聞き流していた解説動画のおかげでなんとなく知っているかも？程度のゲームだ。

そりゃ、たしかに生まれなおしたいとは願っていたが、こんなのあんまりだ……と思ったところで、私には「やりこんだゲーム」なんてないのだと思い出す。

そう。中学時代から現実に忙殺されて、何かに熱中する暇なんてなかったのだ。

ああ、ほんとに。

本当に、あんまりだ。

「おぎゃー！　おぎゃあああ！」

泣いてやる。

もう、思いっきり泣いてやるんだからな。

暫定・母が、慌てて私を抱きしめて優しい声で子守歌をうたってくれる。

私のぷにぷにのほっぺを、暫定・父が微笑みながらつつく。

ああ、こんなに思い切り泣いたのなんて何年ぶりだろう。

暫定とはいえ父と母に、こんなに優しくしてもらえるなんて生まれて初めてだ。

……まあ、今は生まれて間もない赤子だけれど。

「あう？」

ぷにぷにと私のほっぺをつつく暫定・父。

その手に、生々しい切り傷やあかぎれを発見した。

働く人の手だ、と思った。仕事で作ってしまった傷だろうか。

傷に触れる。痛そうだ。早く治るといいね。

そう願うと、私のもみじみたいなおてでが、ぽわっと光った。

次の瞬間に、とんでもない眠気に襲われた。

「ほぎゃ……ふわーあ」

「あら、もう眠いのね」

「泣いたり眠くなったり、赤ちゃんは忙しいな」

暫定・両親の声を聴きながら、私は大あくびをする。

「……あれ？」

「どうしたの、あなた」

「いや。手を、狩りのときに怪我をしたと思ったんだが」

「怪我？　どこを？」

「気のせい……のはずはないのだが」

不思議そうに、暫定・父が首をかしげて自分の手の甲を眺めている。

よかった。もう怪我が治ったんだ。

——私は安心して、ぐっすりと眠った。

第2話　夜逃げ

さて。

私が生まれなおしてから三年の月日が流れた。

月日が流れるの、早すぎ。

この三年間の生活は一言で表現するなら「最高！」でした。

本当に幸せで、両親に愛情いっぱいに育てられて、のんびりと幼児生活を満喫している。

生まれなおしたいという夢が叶《かな》って、本当に感謝している。嬉《うれ》しすぎ。

――しかし。

そんな生活は、突然に終わったのだ。

そんなある日の夕食時、お父さまから爆弾発言が飛び出した。

「サクラ、我が家は今から……夜逃げする」

「ふぁ？」

ぽとん、と食べていたパンをテーブルの上に落としてしまう。

この世界のパンは、硬いし酸っぱいし美味しくはないのだけれど、そんなふうに粗末に扱ったことはない。もったいないし。

三度の飯より食べるの大好きな私が、パンを落っことしてしまう。

それくらいの衝撃だったのだ。

なんて？　今、夜逃げって言った？

超大金持ちではないながらも、温かい家庭に生まれ育ったことは、かなりのラッキーだと思っていた。

大人にとっての三年は体感五秒。

けれど、赤ん坊にとっての三年は逆に十年くらいに感じられた。

中身は大人とはいえ、覚えることや初めて知ることばかりの毎日だった。だってここは異世界だもの、当然だ。解説動画（しかも、主にショート動画）程度の知識では、いくらなんでも「経験」のかわりにはならない。

魔法が実在するとか、頭上を見たことのないでっかい生物が飛んでいるとか。

直面して、頭が追いつかないこともたくさんあった。

でも、ファンタジーな世界に急に訪れた、超現実的な危機。

頭が真っ白になった。

（どういうこと……夜逃げ……？）

両親は優しいし、村でも頼られている。

それがどうして、夜逃げなんて？

「あなた、どうしたの。また夜逃げって、そんな……」

お母さまが声を震わせる。

……というか、今「また」って言った？

ぽかんとしている私に、お父さまが沈痛な面持ちで切り出した。

「すまない。ちゃんと説明するよ」

私に話しているっていうよりも、どちらかというと自分の置かれている状況を整理しているような口ぶりだ。

「実はな、父さん……友達の借金の連帯保証人になってしまってな……あんな金額は返せないし、友達も連絡がつかなくて……といっても、サクラに言ってもわからんだろうが」

（うわぁ……連帯保証人って、そんなコテコテな……！　っていうか、この世界にも連帯保証人ってあるんだぁ……）

そういえば、最近イカついおじさんたちが家の周りをウロウロしていたな。

あれは借金取りだったのか。

私は黙ったまま、両親を見つめていた。だって、三歳児は連帯保証人についてコメントしようがないのだもの。

「大丈夫よ。サクラは心配しないでね」

お母さまが、私の頭を撫《な》でる。

三年間育ててもらった感想として、私の両親は本当にいい人だ。

善良な村人を絵に描いたような人。

その分、ちょっと心配になるようなことがあった。

頼まれごとは断れないし、人を頭から信用しすぎる。牧歌的な村とはいえ、大人として生活するには大変なことも多いだろうなと思う。

聞くところによると、今住んでいるこの家も母の知り合いの持ち物だったのだという。母は実家と縁が薄い（というか、母の口から生まれ育ちについて聞いたことがない）ので、詳しいことはわからないけれど。

（村の人が優しいのも、お金持ち相手だったからっていうのもあるかもなぁ……）

思わず、遠い目をする。

ほぼ自給自足に近い畑仕事ばかりしているわりに、妙に金回りがいいのだ。困っている村人に、気前よく援助を申し出たりして。

お父さまとお母さまが、私を愛情たっぷりに育ててくれたのは疑いようがない。前世では感じたことのないような満たされた気持ちだ。

スプーンですりつぶしたお野菜を食べさせてもらって、絵本を読んでもらって、お母さまの胸で眠って、お父さまに肩車をしてもらって、立派な三歳児になりました。

正直、感謝しかない。

けれど、社会の荒波の中で沈没船になった前世の記憶が「この人たち、大丈夫かなぁ」と頭の片隅で囁いていた。ビンゴである。

「とにかく借金取りから逃げて、父さんは新しい仕事を探すつもりだ。なるべく遠くの町で」

「あわ……」

大丈夫かなぁ、と私は唸《うな》った。

私が言うのもなんだけれど、両親はお人好しというか。世間知らずというか……。

◆

その晩遅くに、私たち一家はこっそりと家を抜け出した。

（村から出るの、初めてだな……まさか、こんな展開とは思わなかったけど！）

少し前までは、「サクラの六歳の誕生日には家族旅行をしよう」だなんてほっこりした話をしていたのに。

まさかの絶賛、夜逃げ中だ。

サヨナラ、私の平穏な幼少期。

お父さまが手配したというボロ馬車の荷台に座り込んだ私たち家族の間に、重苦しい空気が漂っている。

「……はぁ」

「ダン、溜息《ためいき》なんてやめて。サクラが不安そうな顔をしているわ」

努めて明るい声色で話す、お母さま。

「そうだな。すまない、アマンダ」

ダンはお父さまのお名前、アマンダはお母さまのお名前だ。

というか。私の前で名前で呼び合っているのなんて、ほぼ初めてかも。

なるほど。これは、あれだ。

夜逃げという非日常に、落ち着いていた恋心が燃え上がっている！

どきどき。ときめき。っていうやつだ。

ちょうど私から死角になる位置で、がっしりと手と手を取り合っているし。

（こういうピンチこそ、恋が燃え上がるってやつじゃん！　つり橋効果！）

お父さまもお母さまも、まだまだ若いものね。

まあ、私の前世は恋愛とは無縁だったから、知らんけれど。

「不安にさせてしまったね、サクラ」

お父さまが私の髪を撫でてくれたけれど、別に不安そうな顔をしているつもりはない。

これくらいの修羅場、前世ではたまにあったし。（※ないほうがいい）

たぶん、二人の不安な気持ちがそう見せているのだと思う。

どちらかというと、初めて目にするこの世界の光景に、不覚にもわくわくしてしまっている……

だって、村の中と全然違うのだ！

「わあ！　おちゅきしゃま、ふたちゅとも、まんげつ！」

馬車の荷台から見える二つの満月に、私は思わず声を上げた。

もう三歳だし、別にこの世界の空に浮かぶ二つの月が珍しいわけではなかった。けれど、村の外で見上げるファンタジーっぽい光景はとっても綺麗だった。

今までの私が蓄えてきたのは、お父さまとお母さまの会話や、村人たちの噂話《うわさばなし》、そして時折盗み読みしていた本。そして、前世でながら聴きしていた解説動画の知識だけだ。たまにプレイ動画を見たりしていたけれど、疲れて寝落ちしてしまうから知識も中途半端。

そんな中で、この世界の言葉をなぜか最初から理解できたのはよかった。

周囲の大人は、「赤ん坊にはわからない」と思い込んで、色々と世間話をしてくれる。おかげで私は三歳になる頃には世間のことが大体わかるようになった。

でも、今は違う。

木々のざわめきが聞こえて、風が含んだ夜の匂いがする。

夜空に浮かんだ二つの月も、普段より大きく見える。

森のほうを見ると、現実離れした発光体（たぶん、魔力的な何か）が空中を漂っている。

「知っている」だけでは得られなかった、圧倒的な情報量を全身で感じている！

あ、あっちで平原をちらついている蛍のような光は、妖精の鱗粉《りんぷん》だっけ。

すごい。状況が夜逃げ《状況》じゃなければ、三歳児らしくもっとはしゃげたかもしれない。

（やっぱり、「知ってる」のと「体験してる」のは全然ちがうよ！）

そう。臨場感がすごいのだ。

ゲーム配信を見ながら、いつもどこかに感じていた疎外感。貧乏で時間もお金もない自分は、プレイヤーにはなれないのだという寂しさ。

ボロ馬車に揺られながら、そんな寂寥感《せきりょうかん》が溶けていくのを感じた。

なんといっても、魔法や精霊の存在する世界を体験しているんだもの！

（……ほげ、寝てた？）

ひとしきり興奮していた私は、いつの間にか寝落ちしていた。

健やかな田舎の三歳児に夜更かしはツラいものがある。

普段は一度寝付いたら朝まで起きない健康優良児だ。

けれど、真夜中過ぎにぽちんと目が覚めてしまった。

この空気。しんと冷たく、少し湿った静かな気配。おそらく、夜明けが近いのだろう。

繁忙期に会社に泊まり込みでデータ打ち込みをして、始発で帰るときの空気に似ている。うん、異世界でも日の出前の独特な空気ってあるんだな。

「……？」

でも。何か、妙な感じがする。

馬車の揺れはひどかったけれど、季節はもうすぐ春。なのに、ひどい寒気がする。

私を抱っこしてくれていたお母さまが、「起きちゃった？」と優しく声をかけてくれた。

その、次の瞬間だった。

ぞわぞわ、と私の背筋に震えが走った。

「なに……？」

ガタン、と馬車が止まった。

馬車をひく馬が怯《おび》えたように嘶《いなな》いている。

「きゃ!?　ど、どうしたんですか？」

お母さまが悲鳴をあげる。

明らかに異常事態だ。

もしかして借金取りだろうか、やばい。

「何事だね！　町まで夜通し走ってもらう約束だったはずだ」

お父さまが焦った様子で御者に話しかける。

馬車を止めた御者は、お父さまの言葉に応えない。

「お、おい……？　その、金はたしかに前払いで渡しているはずだ……仕事はきちんと頼みたい」

（あちゃ～）

私は察した。

この馬車は、夜逃げのためにお父さまが手配したらしい。

たぶん、かなり裏のルートで。

（お父さま、騙《だま》されたんだろうな、これ……）

明らかに怪しそうな相手に前金で全額支払いなどしたら、どうなるかくらいわかりそうなものだけれど。

周囲の森から、ピリピリとした悪意を感じる。

ぞろぞろと、怪しい身なりの大人たちが現れた。

錆《さ》びた鎧《よろい》をまとった大男や、両手にナイフを持ったいかにもイッちゃっている半裸の男、ボロいローブのフードを深く被っていて顔も背格好もわからないような人たちが、ぞろぞろ出てきた。

やばい、やばすぎる。

夜逃げ、ハードモードにもほどがある。

じり、じり、と馬車に近寄ってくる怪しい一団。

馬車から降りた御者が軽く片手をあげると、彼らの動きが止まった。

「……や、やめろ！　借金の連帯保証人は私だけだ、妻と娘に手を出さないでくれ！」

お父さまが、お母さまと私をかばうように身を割り込ませる。

「ダン……！」

お母さま、すっかり乙女の表情をしている。

お父さまの勇敢な姿にときめいている場合じゃないでしょ！と思わずツッコミたくなる。

それでも、私のことを強く抱いて守ろうとしてくれているお母さまの気持ちが伝わってきた。

「守る、だと？」

応えたのは、馬車を運転していた御者だった。

男とも女ともつかない声で、御者が唸る。

御者は、いかにも怪しげな全身黒ずくめの服装だ。

実際、黒髪を後頭部で束ねた姿からは男女の判別はつかないし、その声色や表情からは年齢もよくわからなかった。

ただものじゃない、ということだけがわかる。

黒ずくめの御者のシルエットをじっと見ていると、肌がピリピリする感覚が強まった。

「守るもなにも、とっとと返せ！」

「返すって……！　わ、わかった。借金なら、働きながら返済するつもりで」

「そうじゃない、その娘だ」

黒ずくめさんに指をさされて、私は思わず目をぱちくりさせる。

え、私ですか？

返すって、何を？

「ふぇ……？」

「その子どもは三年前に帝都大聖域から連れ去られた赤子で間違いないな？」

「せ、聖域ですか？」

お母さまが目に見えて狼狽《うろた》えた。

「いえ、この子は連れ去られたのではなくて……大聖域とは関係ないはずで……」

連れ去られたって、何？

私はお父さまとお母さまの子じゃないってこと？

「まさか、辺鄙《へんぴ》な村でのんきに子育てとは……探してもみつからなかったわけだ」

ツカツカ、と黒ずくめさんが私たちのほうに歩いてくる。

怖い大人たちも、包囲網をジリジリと狭めてくる。

「どういうことだ、狙いはサクラ……？」

お父さまの声が震えている。

(帝都大聖域って……ガチャ画面？)

たしか、帝都にあるという神聖な霊力が渦巻くパワースポットだ。

外界からの勇者や英雄を呼び寄せるための特殊な場所……要するに、ゲームでいうところのガチャ画面にあたるのが『帝都大聖域』だったはず。

つまり私は——ガチャから生まれたガチャ太郎ってこと？

い、嫌すぎる！

「サクラは、私たちの子です！」

お母さまが私を抱きしめて悲鳴をあげる。

黒ずくめさんが近づいてくる。

その手には、綺麗にカットされた水晶みたいなものがぶら下がっている。

「魔力の持ち主を判別するための、簡易的な魔力測定のための水晶だ。普通の幼子ならば、反応すらしないはず。隠す必要もないだろう?」

「まりょくそくてい!」

子どもたちは三歳になったら初めての魔力測定のために近くの町に行くものだ……と村の人たちが話しているのを聞いたことがある。私が三歳になっても、お父さまとお母さまが何も言ってくれないのを不思議に思っていたけれど、納得である。

お父さまとお母さまは、あえて魔力測定に連れていってくれなかったのだ。こういう人たちから、私を隠すために。

「ま、待ってくれ」

「邪魔をするな」

「うわぁ!」

黒ずくめさんを止めようとしたお父さまが、森から出てきた一団に取り押さえられる。

それをちらっと見て、黒ずくめさんは肩をすくめる。

「傭兵《ようへい》くずれとはいえ、少しは使えるな」

なるほど、あの服装のバラバラの怖い人たちは傭兵なのか。

雇い主は、黒ずくめさんってところだ。

「ダン……!」

私を守ろうとするお母さまを、黒ずくめさんが軽く押しのけて、じろりと睨《にら》む。

「……あなたに怪我をさせたくない。どいていろ」

「あわわわっ」

思わず泣きそうになる。

だって、マジの修羅場をくぐってきたタイプの迫力なのだ。この黒ずくめさん。

やばすぎる。怖すぎる。

涙目の私と目が合った黒ずくめさんが、一瞬怯《ひる》んだ。

「……おい、そんなに怯えなくていい。傷つけはしない」

ぼそ、と呟いた戸惑うような声。

一応、情みたいなものはあるみたいだ。

ぶんぶんと首を横に振って雑念を取り払い、ゆるんだ表情を引き締めた黒ずくめさんが水晶を私に押しつける。

その瞬間だった。

ピカッと何かが目の前で光った。

「あ、まぶちっ」

眩《まばゆ》い光に、思わず両手で目を覆う。

カメラのフラッシュを何倍も強くしたような閃光《せんこう》だった。

魔力測定って、こんなに派手なエフェクトなの……？

私が戸惑っていると、悲鳴が聞こえた。

「あっっっづぅ！！！」

「……？」

声の主は、黒ずくめさんだった。

大げさにのけぞって、魔力測定水晶を持っていた手をぶんぶん振り回している。

よく見ると、水晶が粉々に砕け散っていた。

第3話　私、なんか解毒しちゃいました？

お父さまとお母さまが、私を見つめて茫然《ぼうぜん》としている。

口をあんぐりと開けて、目を見開いちゃって。

両親だけじゃなく、初対面の皆様の注目も私に集まっていた。

そんな表情《かお》されると、不安になってくるのですが。

「え、なに……？」

ぱちくり、と瞬きをする。

なんだか、周りが明るいような。

「……ひかってる？」

あっ。これ、光ってるの私だ。

もみじみたいな私のちっちゃいおててが……というか、私の全身が淡く光っている⁉

「う、測定水晶が魔力の圧で砕けた……だと……⁉　高いんだぞ、これ！」

「わ、なんか、その、すみません」

黒ずくめさんの声が震えている。

私の発光は止まらないし、お父さまを取り押さえている傭兵の人たちもドン引きだ。

それはそうだ。光ってる人間なんて、こっちの世界《ファンタジー》でも見たことないもの。

少なくとも、私が育った村の人は光ってなかった。

いや、光る他の種族もいるかもしれないけども。

「やはり、聖域から持ち出された赤子に間違いなさそうだな」

黒ずくめさんが静かに呟く。

「持ち出されたって……サクラは物じゃありません！」

今まで怯えていたお母さまが、キッと黒ずくめさんを睨んだ。

この状況で言い返せるって、すごいなお母さま。怖いもの知らずか。

黒ずくめさんは、その言葉に少し決まりが悪そうに「こほん」と咳払《せきばら》いをした。

「……帝都隠密隊・シュヴァルツの名の下に、現時刻をもって標的《ターゲット》を保護する。君たち一家は夜逃げの途中に野盗に襲われて失踪、ということで処理される予定だ」

「シュヴァルツ」っていうのが、黒ずくめさんの名前らしい。

シュヴァルツさんが、私に手を伸ばす。

襟首を掴《つか》まれて、子猫みたいに持ち上げられる。

「いやー！」

じたじたと手足を動かしていると、シュヴァルツさんは慌てて私を丁寧に抱っこした。

(なんか、この人、悪い人ではない……？)

なんだか、そんな気がした。いや、怖いことには変わりはないのだけれど。

——そのとき。

さっきから私の感じていた悪寒が、急激に増した。

「あぇ……？」

そうだ。悪寒は、シュヴァルツさんや野盗役の傭兵たちのせいではなかった。

じゃあ――これは、何？

シュヴァルツさんも同じ気配を感じているのか、低く呟く。

「なんだ……この気配は」

ふと、周囲が暗くなる。

やばい。ピリピリどころじゃない。ビリビリする。

気配のするほうに視線をやる。

――ものすっごく気持ちの悪い生き物がいた。

「ふぎゃー!?」

巨大ガマガエルのバケモノだった。

ぶよぶよでボツボツの皮膚。背中に生えているコウモリのような羽は退化しているのか、動きに合わせて揺れている。

小川でひなたぼっこをしているガマガエルとは似ても似つかない邪悪な気配を発している。

そもそも、サイズがちょっとした家くらいあるし。こわすぎ。

「こっわーーーーー！！」

シュヴァルツさんに抱っこされたまま、私はジタバタと暴れる。

次から次へと起きる事態に、私は半べそだった。

ただ、普通で平凡で幸せな子ども時代を過ごしたかっただけなのに！

こんなところで、カエルの餌になるなんて嫌だ！

こんな状況でも、シュヴァルツさんは冷静だ。

「……泥蛙竜《トード・ドラゴン》か。それにしてもデカいな」

「とーどどらごん？」

それ、『ファンタジック・フェアリー・ゲート』に出てくるわりと強いモンスターじゃなかっただろうか。序盤の難所的な。

「ふむ、このあたりのヌシか……？　サクラ殿の光に誘《おび》き寄せられている様子だな」

「わ、わたちのせい!?」

勇敢な傭兵さんたちが泥蛙竜《トード・ドラゴン》を攻撃しているけれど、その分厚い皮膚を傷つけることはできない。全然、効いてない。

むしろ、泥蛙竜《トード・ドラゴン》は彼らを蹴散らしながらノシノシと私たちのほうに近づいてくる。

シュヴァルツさんが、腰に差していた細身の剣を抜いて泥蛙竜《トード・ドラゴン》を睨み付ける。

（あわ……なんか……ガマガエルの様子が……？）

泥蛙竜《トード・ドラゴン》が、身体を一回り膨らませて、うっぷうっぷと嘔吐《えず》いている。

……やな予感がする。

「ゲゴゴボォッ！」

泥蛙竜《トード・ドラゴン》が、ごぽっと夜闇の中で蛍光ムラサキに光るゲロを吐いた。

（ほぎゃあ！　嫌すぎるぅ！）

怖い！　ばっちい！

っていうか、どこからどう見ても毒液ですね、これ！

シュヴァルツさんが叫ぶ。

「避けろ！」

無理言わないでください！

こちとら、一般幼女なのですが！

「きゃああ！」

シュヴァルツさんの誘導で、間一髪、全員が毒液の直撃は免れた。

ほっと安心したのも、束の間。

次の瞬間、シュヴァルツさんが反撃を始めていた。

「ゲコッゲッ！」

鳴き声とともに、毒液の第二弾が飛んでくる。

たん、と軽い音とともに飛び上がったシュヴァルツさん。

宙を舞う毒液の中に突っ込んでいく。

きらり、と剣が閃く。

「が、が、がんばえー‼」

私は思わず叫ぶ。

噂に聞く女児向けアニメ映画の応援上映みたいなテンションで、叫ぶ。

——その瞬間。

――強化《エンチャント》発動。


どこからか、声がした。

なんだ、今の。

私が首を捻《ひね》った瞬間。

シュヴァルツさんが振るった剣の風圧が、私たちの上に降り注ぐ毒液を吹き飛ばした！

すごい。強い。

しかも、それだけじゃなかった。

トパン、という乾いたような湿ったような音が響いたかと思うと、泥蛙竜《トード・ドラゴン》の動きが止まった。

「あわ……？」

どうしたのだろう、と思っていると。

動きを止めた泥蛙竜《トード・ドラゴン》が、ゆっくりと崩れ落ちていく。

縦半分に、ぱっくり切り裂かれて。

シュヴァルツさんが剣を振るった風圧は、毒液を吹き飛ばすのみならず、泥蛙竜《トード・ドラゴン》本体を一刀両断にしたのだ。

縦、半分！

驚愕《きょうがく》する私たち一般人！

「……へっ⁉」

「ほぎゃ！（自分も驚くんかい！）」

なぜか、シュヴァルツさんも驚愕しているご様子。

いやいや、やったのあなたですけれど。

「サクラちゃん、み、見ちゃダメよ！」

「わわっ」

お母さまが、慌てて私の目を塞《ふさ》ぐ。

巨大カエルの断面図は幼気《いたいけ》な三歳児にはエグい光景なので、それはそうだ。

お母さまの指の隙間から、そっと様子をうかがう。

どぉん、という地響きとともに真っ二つになった泥蛙竜《トード・ドラゴン》が地面に崩れ落ちた。

「なんだ、あれ……人間業かよ……？」

「い、今の太刀筋、見えなかったぞ」

「あいつ何者だ……？」

傭兵さんたちが、明らかに狼狽えている。

お父さまとお母さまも、黒ずくめさん……もといシュヴァルツさんの実力を目《ま》の当たりにして、すっかり抗《あらが》う気をなくしてしまったらしい。

「……こほん。さ、さ、さて。あなたがたを帝都にお連れします。大人しく従っていただきますよ」

そして、シュヴァルツさん本人も明らかに動揺している。

私は先程の現象について考える。

（さっき、強化《エンチャント》発動って聞こえたけど、空耳？　いや、もしかして……今のが『過労死聖女』の強化バフ⁉）

味方の能力を引き上げる奇跡は、ゲーム内で実装されている『サクラ』の能力だ。

やばい、と思った。

今のやつ、なかったことにしなくては。

(とはいえ、今はシュヴァルツさんに従っておくのがいいよね)

シュヴァルツさんは、周囲で静まりかえっている傭兵さんたちに凛《りん》とした声で言い放つ。

「泥蛙竜《トード・ドラゴン》の素材は報酬がわりにしておくといい。帝都隠密隊と貴様らは、これをもって無関係だ」

「ええ⁉　こんな高レア素材を……こいつ一匹で毒系統の高級装備をいくつ作れるかわからないですよ⁉」

「私は狩人《ハンター》でも物売りでもなく、帝国に仕える身だ。必要ない」

傭兵さんたちが色めきだつ。泥蛙竜《トード・ドラゴン》から採れる素材は高レア品だったはずだから、あの反応も頷《うなず》ける。

『ファンタジック・フェアリー・ゲート』は、文明世界とモンスター溢《あふ》れる辺境が入り交じる世界だ。

今までは、小さいながらも文明エリアである村に住んでいたけれど、一気に実感が湧いてきた――この世界は、前世とは全然違う。

いつまでもここにいるのは、絶対危ない。

シュヴァルツさんに促されて、私たち家族は馬車に乗り込んだ。

よくわからないけれど、帝都に連れていかれるらしい。

不安はあるけれど、モンスターの危険からは遠ざかることができるだろう。

「……はぁ。はぁ……」

おや、と思った。

馬車を駆るシュヴァルツさんの様子がおかしかった。息が荒い。

忍者のように黒ずくめの衣装で口元を隠しているけれど、顔色が悪そうだ。

私は、思わず声をかけた。

「どちたの？」

「なんでもない」

そんなわけはないだろう。全然、「なんでもない」感じではない。

「つらそー」

わずかに見えるシュヴァルツさんの額には脂汗が浮かんでいる。

「なんでもないと言っている」

いやいや、どう見ても体調不良でしょ。

けれど、私にも覚えがある。

介護と仕事で疲れ果てて体調がボロボロのときに、「どうしたの、大丈夫？」と声をかけてくれた同僚や友人に「なんでもない」と答えていたものだ。端から見たら、こんなにもミエミエの嘘《うそ》だったんだなぁ。反省。

（……あれ？　なんだろう、このモヤモヤ）

ふと、シュヴァルツさんの胸のあたりから黒い靄《もや》が立ち上っているのに気づいた。

おそるおそる、それに触れると。

――解毒《アンチ・ドォト》、実行。


「っ⁉」

私の指先から、再びブラウザのようなものが出現した。

なんだこれ。ブラウザはまたたくまに、光の魔法陣に変形する。

魔法陣が光って、黒い靄もろとも消えてしまった。

「おわ？」

あまりにも一瞬の出来事だった。

シュヴァルツさんが、驚愕の表情で私を見つめている。

幸い、今の光も私とシュヴァルツさん以外の人には見えなかったようだけれど。

シュヴァルツさんが、大きく息をついた。

「泥蛙竜《トード・ドラゴン》の毒が消えた……」

「どく⁉」

やっぱり大丈夫じゃないじゃん！

っていうか、この人、分かっていて放置していたの？

「サクラ殿、あなたやはり……」

シュヴァルツさんは、抱っこした私を見つめて複雑そうな表情を浮かべた。

怖い人だけれど、やっぱり悪い人には思えない。

「……ありがとう。お礼にこれを」

ぽつっとお礼を言ってくれたシュヴァルツさんが、自分が身につけていたペンダントを私の首にかけてくれた。

「えあ？」

「必要なければ、あとで返してくれればいい」

ペンダントを私の服の内側にぐいっと押し込んで、それからシュヴァルツさんはちっとも喋ってくれなくなった。気まずい。

（それにしても、さっきの光……魔法的なやつだよね。そういえば、赤ちゃんのときにも何度か出したことあった気がする……）

今まで、平和にのんびり暮らしていたせいで気がつかなかったけれど。

やっぱり私、過労死聖女サクラと同じような力が使えるっぽい。

（うう、平穏無事に過ごしたいだけなのに！）

お父さまとお母さまは、もう一台の馬車に乗せられるようだ。家族と引き離された私は、シュヴァルツさんの膝に乗せられたままで帝都に向かうことになったのだった。

第4話　お母さまがお姫様だった件について

村から帝都までは、約三日の旅だった。

私たちを乗せた馬車は、シャンガル帝国の帝都シャガールにやってきた。

帝国っていうのは、かつてあった魔族との戦いのために色々な国が集まってできたものらしい。

人気ゲーム『ファンタジック・フェアリー・ゲート』は、かつて達成された魔王討伐後、再び魔族が現れてしまった世界が舞台だった。

ってことは、この世界にもうすぐ魔族が現れるってことなのだが——そこは考えないでおこう。

（今は、我が身の危機だしね……）

大広間に通された。

揃いのローブを着た魔術師らしき人たちや、磨き込まれた防具をつけた兵士たちがひしめいている。

（わあ……この世界にも、こんな立派な建物があるのね）

解説動画で見ていたグラフィックでは知っているけれど、実際に見ると驚きだ。私が住んでいた村にある建物は、よくて木造二階建て。こんなに大きな石造りの建物なんて、生まれなおして初めて目にする。いかにもファンタジーっぽい。

背筋を伸ばしたシュヴァルツさんが、その場で一番偉いのであろうローブの老人に告げる。

「帝都隠密隊・シュヴァルツ。対象者を発見し、連行しました」

相変わらず男なのか女なのか、若者なのか老人なのかわからない声だ。

シュヴァルツさんの言葉に、どよめきが広がる。

え、誘拐？　どういうこと？

私はシュヴァルツさんに抱きかかえられたまま、きょろきょろと周囲を見回す。

お父さまとお母さまは、まるで罪人のように周囲を兵士に囲まれていた。今のところ、私がお願いしたように痛いことも酷《ひど》いこともされていないみたいだけれど、かなり雲行きは怪しい……。

分厚いビロードのカーテンが垂れ下がっている奥に、玉座があるのが見える。

（ここ、あれじゃない？　謁見《えっけん》の間とかいう場所）

突然、華やかなファンファーレが鳴り響く。

「平伏を。我らが皇帝陛下のおでましでございます」

赤いローブを着たおじさんが大声で告げると、広間に集まっている人々が一斉に頭を下げた。

ひざまずいているシュヴァルツさんに抱きかかえられながら、ちらりと玉座を盗み見る。

皇帝陛下は、いかにも皇帝というかんじの男性だった。

立派なマントをまとって、重そうな王冠。

それを堂々と着こなしている、立派な壮年の男の人。

わあ、絵に描いたような『王様』だ。

その後ろに続いて、お父さまとお母さまと同じような年格好の夫婦がやってきた。

「皇帝陛下、並びに姫君キャサリン殿下とその婿殿ミハイル殿下でございます」

キャサリン殿下と呼ばれた女性は、お母さまよりも少し若い年格好で……あれ、なんだかすごくこっちを睨んでる？　彼女の後ろから、年の近い陰気な男性が付いてきている。あれが婿殿か。

（お姫様のイメージとは違うなぁ）

私が戸惑っていると、皇帝陛下がゆっくりと口を開いた。

「……アマンダ、これは一体どういうことだ」

アマンダ。

お母さまの名前だ。どうして、お母さまを名指しに？

あのフワフワしたお人好しのお母さまが、こんな場所に呼び出されるような犯罪をおかしたとは思えないのですが。

全員の視線が、お母さまに注がれている。

というか。そもそも、お母さまは皇帝陛下と知り合いなのかしら？

「……。申し訳ございません、お父さま」

「おとっ!?」

アマンダ……私のお母さまが。

皇帝陛下を、お父さまと呼んでいる。

（ってことは、嘘でしょ!?）

私は、驚愕した。

つまり、お母さまは帝国のお姫様ってこと？

「お前が、どこぞの狩人《ハンター》に熱をあげるのは勝手にすればいい」

皇帝陛下は、淡々と話し続ける。

「だが、なぜその赤子を盗んだのだ。その子は帝都大聖域にて発見された赤子である。本来は身柄を拘束し、帝国に背かぬように教育するのが最善！」

皇帝陛下が、よく響く声でお母さまに公開説教を喰《く》らわせている。

赤子というのは私のことだろう。

つまり、なんだ。

私は、帝国のお姫様だったお母さまが身分違いのお父さまと駆け落ちするついでに連れていかれたということなのか……？

「これを言うのは二度目です……サクラは物ではありません」

キッと正面から皇帝陛下を睨み、不満そうに呟くお母さま。

ほんわか優しい普段のお母さまからは考えられない、毅然《きぜん》とした態度だ。

私は、生まれなおしてからの日々を思い出す。

お父さまとお母さまは、この三年間、私のことをとても大切に可愛がってくれた。

さっきの皇帝陛下の言い草を聞く限り、『帝都大聖域』に召喚されたという私が帝国に拾われていた場合、ろくなことにならなかったんじゃないかと思う。

少なくとも、今までの生活のような温かい日々は送れなかっただろう。真冬のこたつみたいなぬくい気持ちで日々を過ごす幼少期――私が前世で望んでいた日々は、手に入らなかったはずだ。

両親だと思っていた人と血が繋《つな》がっていなかったことに関しては、不思議とショックはない。

あの二人に愛されていたことに、疑いの余地なんてないから。

「……お父さま。医師団長からの宣告を覚えていますでしょう。わたくしが、子を産めない体だと」

「それは……」

「あの日から、この城には私の居場所はありませんでした。予定していた縁談は破談。お父さまも……私に関心がなくなったように見えました」

皇帝陛下が押し黙る。

うーん、お世継ぎ問題ってやつか。

「だが、帝都大聖域に現れる赤子が特別な存在なのは、お前も知っているだろう」

「はい。ですが……先程から、皆様は何をおっしゃっているのですか？　これは誓って申しますが、サクラが帝都大聖域に出現した赤子だと、わたくしは知りませんでした」

「なに？」

「その……駆け落ちの手引きをしてくれた方が、『貧しい地域の捨て子だ』と」

つまり、お母さまは騙されたってこと？

生まれなおしてからの私の記憶は、二人がすでにあの村に住んでいる状態からはじまっている。

正直、話の真偽はわからない。

でも、何のためにそんな嘘を？

「……申し訳ありません、わたくしは……独りぼっちだったというこの子を、サクラを他人とは思えなかったのです。それに、ダンとの間に赤ちゃんがいたら、どんなに素敵だろうって……そう思っていて」

項垂れるお母さま。

隣にいるお父さまが、お母さまの肩を支えている。

皇帝陛下は最初の勢いはどこへやら。もごもごと口ごもっている。

本人にも思うところがあるし、娘には甘いタイプなのかもしれない。

「私財を持ち出して、生活の足しにしたことも謝ります。わ、私はどうなってもいいのです……ですから！」

お母さまが膝をついて、地面に額をこすりつけた。

いわゆる、土下座だ。

「サクラだけは……どうか、平穏に、幸せに暮らさせてください！」

「おかあしゃまっ！」

「そうです、処分するなら俺を……俺が姫様を、アマンダ様を連れ出したのです！」

「おとうしゃま……」

大広間にどよめきが広がる。それはそうだ。仮にもお姫様が土下座って。

皇帝陛下も困ったような顔をしている。たぶん、ほだされているみたいだ。

その中で、ひとりだけ。

婿養子と一緒に壇上にいるキャサリンさんだけが、氷のように無表情だ。

「……仮にも、お前は皇族だ。無様なまねをするな」

皇帝陛下が静かに言った。

近くにいる兵士たちに引き起こされるようにして、お父さまとお母さまが立ち上がる。これ、どうなっちゃうんだろう。

「申し上げます、陛下」

男なのか女なのか、若者なのか老人なのかわからない声が響く。

——シュヴァルツさんだ。

「なんだ、シュヴァルツ」

「はい。隠密隊の情報網を使って彼らを追跡。貸金の流れからたどって、北方の村にいるダンという元・ハンターの男……そして、サクラ殿にたどり着きました」

なるほど。

お金の流れというのは、見る人が見れば様々なことが丸裸になるのだという。

お父さまの背負った借金のせいで足がついたということみたいだ。

「このサクラ殿が、本当に帝都大聖域から連れ去られた赤子かどうか……確かめるべきではありませんか?」

「むっ」

おや? もしかして、助け船を出してくれてる?

シュヴァルツさんが続ける。

「本当にサクラ殿がただの捨て子だとしたら、話が変わってきます。サクラ殿の魔力を計れば、魔力量や性質によって聖域に召喚された『大聖女』であるという何よりの証拠になるのでは?」

皇帝陛下の近くに控えていた、偉そうなローブの老人が唸る。

どうやら、『大聖女』の魔力は格別らしい。

「ふむ……シュヴァルツの言うことにも一理あります。しきたりでは、召喚されてすぐに魔力を測り、その性質や量によって本物の大聖女であるかどうかを見極めることになっております」

老人のその言葉に、老人とお揃いのローブを着た一団が慌ただしく動き始める。

あっという間に大きな水晶のはめ込まれた、時計のような器具が大広間に持ち込まれた。で、でかい。

（あれ……でも、シュヴァルツさんの前で魔力は測ったはず……？）

あの砕け散った水晶は、簡易魔力測定器のはずだ。

こてん、と首をかしげていると……ぽそぽそ、とシュヴァルツさんが耳打ちしてくれた。

「サクラ殿、あなたほどの魔力の持ち主であればできるはずです」

「あい？」

私を魔力測定器の前に運びながら、シュヴァルツさんは続ける。

他の誰にも聞かれないよう、小さな声で。

「……サクラ殿、魔力を隠してください」

「か、かくしゅ？」

シュヴァルツさんが、私の手を水晶にぺたりと付ける。

水晶が淡く光り始める。

（隠す……隠すぅ？　隠すってどうやって？）

「ここで大量の魔力を持っていると知られれば、あなたは聖女として帝国の『所有物』になります。特に、あのローブの老人たちとか、聖女の力を骨の髄まで利用する気満々です」

過労死聖女。

この世界――『ファンタジック・フェアリー・ゲート』のキャラクターとしての大聖女サクラの

あだ名だ。

強大な魔力と味方へのバフという圧倒的な周回性能のせいで、常にパーティーメンバーに加えられている。

キャラ設定的にも、帝国に献身する滅私奉公の聖女様だったはず。

い、いやだ。嫌すぎる。

水晶の光が増していく。

大広間に集まった人たちがどよめく。期待が滲《にじ》んだ声だ。

（嫌だー！　嫌だ嫌だ嫌だ……生まれなおしてまで過労死なんて、絶対に嫌だぁあぁ‼）

私がそう強く念じると……水晶の光が、消えた。

皇帝陛下が唸る。

「……む？」

「魔力の光が消えた……？」

「これでは一般人か、それ以下だぞ」

どよめき、どよめき、どよめき。

集まった人々の、失望の声。

「本当に大聖域に召喚された赤子か？」

私は確信する。

（やった……魔力？を隠せた……！　でも、どうして？）

シュヴァルツさんを見上げると、ぱちんとウィンクをされた。

そこで、思い至る。

泥蛙竜《トード・ドラゴン》の毒を消したときに貰ったシュヴァルツさんのペンダントだ。

（あのペンダント……！）

「隠匿水晶《ハーミット・ストーン》。気配や魔力を消すことができる、特別な装飾品です」

私にだけ聞こえる声で、シュヴァルツさんが呟いた。

おかげで、私の魔力が大勢にバレてしまう状況は避けられたみたいだ。

た、耐えた……！

第5話　呪い返し

「ふ、ふざけるな！　これでは……失敗作ではないか」

広間の誰かが呟いたのを聞いた。

いやいや、失敗作って。ひどい言い草じゃん。

「帝都大聖域に召喚された赤子は、多大な魔力を持つ大聖女——その前提で、今まで捜索活動に資金を投入してきたが……ただの赤ん坊とは」

私は、小さくガッツポーズをする。

（やった……これで、過労死聖女ルートは回避できるはず……！）

この世界で、のんびり暮らせるはずだ。

当たり前の子ども時代を送り、青春して、大人になって……自分の人生を送るんだ。

生まれなおした、今度こそ。

自分も、自分の周囲の人も、幸せになるんだ。

大人たちが口々に意見を述べている。

「アマンダ姫様の駆け落ち騒動だけならば、もう好きにしてもらっても……」

「せっかく妹姫様の婿取りで、話が落ち着いた矢先にこれとは」

皇帝陛下を取り囲んだ偉そうな人たちが、困惑した顔で会議をしている。

私の処遇をどうしようって話だ。そして、お母さまとお父さまのことも。

「先程の測定結果……魔力の量は一般人レベルだが、発現した色は白色だった。……非常に希少な白魔法であることは間違いがない」

「じゃあ、あの子が大聖女の可能性がまだあると？」

「うーむ……育っていくうちに、ってことか」

「そもそも、帝都大聖域に赤子が出現したという話自体、本当だったのか？」

結論が出たのは、たっぷり三十分は経った頃だった。

「帝都大聖域に出現したとされる赤子の存在、およびアマンダ姫とダンの失踪について、帝国側は正式には発表していない。表向き、アマンダは長期の病気療養をしていることになっている」

皇帝陛下が重々しく告げる。

なるほど、限られた人にしか知らされていない情報だったわけだ。

「……アマンダ、お前はここに留まれ。その男とどうしても一緒になりたいというのならば、それでもよい」

柔らかい声で、皇帝陛下が言った。お母さまが息を呑《の》む。

うーん、わりと娘に甘いタイプらしい。

けれど、その恩情に大反対する人がいた。

「なっ！　ありえませんわ！」

金切り声をあげたのは、お母さまの妹姫だというキャサリンさんだった。

さっきまで、憎々しさをふつふつと弱火で煮込み続けているような表情で私たちを睨んでいたのだけれど、ついに爆発したみたいだ。

婿養子だというミハイルさんは、相変わらず無気力そうな顔をしている。ヒステリックに騒ぐ妻に対して「やれやれ、またいつものやつか」みたいな反応だ。

なんだか、夫婦仲が上手くいってなさそうだ。

キャサリンさんの怒りがエスカレートしていく。

「皇帝陛下は、昔からアマンダ姉さまに甘すぎます！　この女が皇帝陛下の愛した方の娘だからですか……私が……私の母上だって正妃でしたのに！」

いい年（といっても、たぶん二十代前半に見える）だろうに、地団駄を踏んで涙目になっている。

なるほど、姉妹で母親が違うのか。

よくあるお家騒動だ。

「やっと……やっと出ていったと思ったら！」

叫び続けるキャサリンさんを眺めていて、私はあることに気がついた。

（あれ……？　なに、あの鎖……？）

キャサリンさんとお母さまを、黒い鎖が繋いでいるのだ。

他の人には見えていないのだろうか。

シュヴァルツさんが喰らった泥蛙竜《トード・ドラゴン》の毒の靄みたいな、嫌なかんじだ。

じっ……とお母さまに絡みつく黒い鎖を見つめていると、シュヴァルツさんが「どうしました？」と耳打ちしてくれる。

「あ、あの、おかあしゃまのところに」

しどろもどろの私の言葉をくんで、シュヴァルツさんが私をお母さまの近くに運んでくれた。

黒い鎖に手を伸ばす。

その間にも、キャサリンさんの怒りは収まらない。

「どこの馬の骨ともわからない男と一緒に、よくわからない赤ん坊を助けようなんていう浅はかな女に、私の居場所を奪われたくない！」

小さな手を伸ばして、たしっ、と黒い鎖を掴む。

その瞬間、私の手がまた光を放ってブラウザのウィンドウみたいなものが立ち上がる。

——呪解《ディスペル》、実行。

そんな文字が見えたと思った、その瞬間。


——バリン、キィンッ！


甲高い音とともに、私が触れていた黒い鎖が砕け散る。一瞬の出来事だった。

(うへえ、嫌な音……黒板を爪でひっかいたみたい……)

かなり大きな音なのに、周囲の人たちは何も聞こえていないみたいだ。

バリ、パキンッ！

まるで火のついた導火線みたいに鎖がどんどん砕け散っていき、キャサリンさんのほうに迫っていく。

「そのために、その女を……ヒッ⁉」

キャサリンさんの顔が、ぐしゃりと歪《ゆが》んだ。

解呪《ディスペル》　実行。

「ぎゃあああ……痛い、痛いいぃ！」

下腹を押さえて、キャサリンさんがうずくまる。

さすがに、隣で突っ立っていた婿殿もぎょっとした顔をした。

「どうしたのだ⁉」

「キャサリン殿下が倒れたぞ、医師か魔術師を呼べ！」

騒ぎの最中に、皇帝陛下の取り巻きの中でもリーダー格のおじさまが声を張り上げた。

「みなさん、落ち着いて！　待ってください！　これは……この症状は……呪い返しじゃないか？」

呪い返し。

聞き覚えがあるような、ないような。

「呪術について学んだことがありますが、間違いないかと」

リーダー格のおじさまの言葉に、皆様がいっそうザワついた。

のたうち回るキャサリンさんが、怯えた表情をしている。

あの表情には見覚えがある。

——悪事がバレそうになっている人間の表情だ。

「どういうことですの……口を慎みなさい、あんたたち」

キャサリンさんの金切り声。

それを、ぴしゃりと祓《はら》うようにシュヴァルツさんが言った。

「人を呪えば穴二つ。その呪《しゅ》が破られれば、呪は倍の威力となって呪術者に跳ね返ってくる……お心当たりがあるのではないですか?」

シュヴァルツさんの凛とした声に、広間にいる人間がざわめいた。もはや悲鳴だ。

って、ちょっと待って。

キャサリンさんが、お母さまを呪っていたということ?

「隠密隊が調べていたのは、消えた赤子のことだけではありません。なぜ、姉姫であるアマンダ殿下が帝都大聖域に召喚された赤子を連れ去るに至ったのか……その経緯について、個人的に捜査を行っていました。裏でアマンダ殿下をそそのかしたのは、あなたですね。キャサリン殿下」

「な、な……」

「さらに言えば――アマンダ殿下に呪いをかけて子を産めない体にしたのも、あなたでしょう。それはアマンダ殿下が去ったのちに、あなたは皇帝陛下の長子として、有力貴族のミハイル公を婿に取った……すでに、調べはついています」


なんだそれ、と私は青ざめた。

(えええ……なに、そのドロドロしてる人間ドラマ……)

怖すぎる。

やっぱり、どんなに煌《きら》びやかで立派なお城にも愛憎劇というのはあるみたいだ。

「……キャサリン。それは本当か」

「ち、ちが……お父さま……私は……」

「証拠はこちらに」

シュヴァルツさんが、皇帝陛下の側近に書面を渡す。

なにやら、報告書みたいだ。

側近から報告書を受け取った皇帝陛下が、素早くその内容に目を通す。

さっと顔色が変わったかと思うと、指先ひとつで側近に指示を飛ばす。

「ぐぅうぅ……やめ……わたくしを、誰だとぉぉ！」

ジタバタと暴れるキャサリンさんが、あっという間に広間から連れ出された。

どこに連れていかれてしまうのだろう……というのは、怖いので考えないでおこう。

ぽかんとしているお母さまとお父さまのもとに、シュヴァルツさんが歩み寄る。

お母さまのもとに、私をそっと返してくれた。

「サクラ……あなたが、助けてくれたの？」

「ええっと」

広間の注目が、私に集まっていた。

お母さまが助かったのはよかったけれど、目立ちすぎてしまった。

もう、せっかく魔力を隠したのに！

◆

困った。

私がお母さまにかかっていた呪いを解いたのでは、という空気になっている帝国の偉い人たちは、期待の眼差しでこちらを見つめている。

こ、これは……大聖女ルートに乗ってしまったかもしれない……。

「馬鹿な、ありえません！」

次の瞬間、大声で否定の声をあげたのは、ローブを着た偉そうな老人だった。

「ナイス！」と私は心の中で拍手した。

「さきほどの魔力を見たでしょう！　貴重な白色の光……白魔法の素養があるとはいえ、あの程度の魔力量で長年におよぶ呪いを解除するなど、理論上できません。ありえません！」

まあ、さっきのは魔力を隠した結果だけれどね。

ぶっつけ本番でどうにかなってよかった。

「では、先程のは……？」

ギャラリーからあがった疑問に、こほん、と咳払いをして、ローブの老人が言った。

「とにかく、今はわからないことが多すぎる。帝都大聖域に異界からの客人《まれびと》が降臨し、乱世を救う大聖女になるという予言はたしかにございますが……この赤子が本当にそうなのかは……」

皇帝陛下にそう進言するおじさんは、すっかり疲れ果てた様子だ。

一度に色々なことが起きたばかりなのだろう。

「というわけで、保留！　今日のところは、判断をくだすべきではございません。キャサリン殿下が、その……アマンダ殿下に不妊の呪いをかけていたことが事実かどうか、その呪いが解けたのはなにゆえか……わからないことばかりですからな」

それはそうだ、という空気が蔓延《まんえん》する。

私は、ほっと胸をなで下ろす。

じっと考え込んでいた皇帝陛下が、私を見つめている。

「そうだな……では、キャサリンについては追加調査を行う。アマンダと狩人については、城に留まるように。それで、連れ去られたという赤子は……」

皇帝陛下が、シュヴァルツさんに向き直る。

「……しばらくは、シュヴァルツが管理せよ」

「は、はい？」

「迅速に状況を整えさせるゆえ、そなたが面倒を見ておけ……と申している」

「……かしこまりました」

シュヴァルツさんが、頭を下げた。

茫然と成り行きを見守っていたお母さまが、再び声をあげる。

「そんな、お父さま……！　サクラは私たちの子です、引き離すようなことは……！」

「こほん！　どうあれ、お前が帝都からその赤子を連れ去ったことは間違いない事実だ。その子が……今はまだ、お前に勝手を許すことはできんのだ」

威厳に満ちた声だ。

無事に再会した愛娘を連れ戻したいという気持ちはあるけれど、何もかも許すわけにはいかないというのが本音だろう。

皇帝陛下なのだから、体面というものもあるはずだ。

メンツ、建前、根回し――大人って大変だよね。ほんと。

「その赤子が本当に異界から召喚された聖女であるならばともかく……さきほど程度の魔力では、大聖女として国費で養うことはまかりならん。とはいえ、放り出すこともできんからな……困ったことだ」

はあ、とこれみよがしな溜息をつく皇帝陛下。

眉間に深く壮大な皺《しわ》が寄る。まるでグランドキャニオン。

きっとストレスの多い職業なのだろうな。

「本当にアマンダの娘ならば、王族として養うことにできるのだが……はあ、まったく」

ん？　今なんて？　王族？

「では、解散だ……シュヴァルツ、その女児の監視任務を怠るでないぞ。いいな？」

「はっ」

お母さまとお父さまは、城の人たちに連れていかれてしまった。

私のほうを何度も振り返りながら、「サクラ！」と私の名前を呼んでいる。

自分たちの身を心配するよりも先に、私のことを心配してくれているのだ。

(特にお母さまは、妹に呪われてたっていうのに……もう、本当にお人好し……)

私はにぎにぎと、手のひらを閉じたり開いたりする。

小さな手に、お母さまに絡みついていた呪いの黒鎖を砕いた感触がまだ残っている。

……あんなものにずっと苛まれてきたお母さまは、大変だっただろうな。

それと同時に、ふと思う。

私が前世でずっと感じていた絶望感やしがらみは、ああいう姿だったのかもしれないなと思ったりした。

誰にも文句も言えず、都合のいいサンドバッグ扱いされて、「いい子」でいた結果が寂しい過労死だった。

私は、決意を新たにする。

絶対に、絶対に、マジで絶対にこの人生はブラック労働からは無縁でいたい。

（うう……それにしても、不安だ……）

生まれなおしてから三年間、お父さまとお母さまと離ればなれになるのは初めてのことだった。

第6話　おじいちゃま、訪問

シュヴァルツさんの家は、王城の片隅にあるらしい。

片隅といっても、王城の敷地はめちゃくちゃ広い。敷地内には、倉庫や家畜小屋など色々な施設がある。

お城の背後を守っている険しい山の奥深くに、シュヴァルツさんの住む宿舎があるのだそうだ。

通勤が楽なんだか、大変なんだかわからない。

こんな場所に人が住んでいるとは思わないだろう、というマジモノの山だ。

黒ずくめのシュヴァルツさんは、私を抱っこしたままで険しい山道をひょいひょいと登っていく。すごい足腰だ。

途中、野生動物に襲われたけれど、シュヴァルツさんはノールックで倒していった。

ノールックって。すごすぎる。

まあ、あの大きな泥蛙竜《トード・ドラゴン》を一刀両断するのだから、野生動物撃退くらいでいまさら驚かないけれど。

モンスターじゃないにしても、山の中で遭遇する野生動物はかなり怖い。気がつけば、私はシュヴァルツさんにぎゅっとしがみついていた。

体温の低い、感情も読み取りにくいシュヴァルツさんだけれど、こうして抱きついていると、ちょっと安心感みたいなものを感じてしまうのだった。

シュヴァルツさんの家に着いた頃には、もう夕暮れになっていた。

「狭い部屋だが、問題ないでしょう。サクラ殿も小さいし」

シュヴァルツさんの家は、小さなアパートみたいなかんじの集合住宅だった。

ベッドがひとつに、小さなテーブルセットがひとつのワンルーム。部屋の隅には粗末な作業台がひとつ……この世界では煮炊きは主にかまどで火を使うので、集合住宅にキッチンなんてない。

「ここは様々な事情で居住地を知られたくない人間が住んでいる寮だ。帝都隠密隊の隊員や、世間から身を隠している人間が暮らしている。帝国への忠誠を条件に、衣食住と安全が確保できるのだから有り難い話だ」

シュヴァルツさんはそっと私をベッドにおろす。

硬いマットレスだけれど、清潔に手入れされている。

体を拭くためのたらいやタオルを用意しながら、シュヴァルツさんがぽつりぽつりと独り言をこぼす。

「あまり住人同士の交流はないから安心してください。ただし、夜泣きは勘弁してもらいたい」

夜泣き。ほとんどしたことがないです、はい。

まあ、温かい家庭で育てられて、子どもらしい日々を送っていたことは泣くほど嬉しくはあったけれどもね。

赤ちゃんだしたまには夜泣きとかしたほうがいいかな……と思ったけれど、結局照れ臭くてできなかった。一応中身は、大の大人ですからね。

「言っておくがベビーベッドなどないので。承知しておいて」

三歳児に向けるような言葉使いではない。

でも、たぶん私が怯えないように気を遣っているのであろうことはわかった。

ふと、シュヴァルツさんの動きが止まる。

「サクラ殿。あなた、おむつは取れているのか？」

「あい」

こくん、と頷く。もちろんです。

「食べられないものは？」

「ない、れす」

「好き嫌いは勘弁してほしいが、食うと具合が悪くなるなら問題だ」

アレルギーのことか。

この世界で食べた硬くて酸っぱいパンや、えぐみの強い野菜や泥臭い魚を思い出す。美味しくはない。美味しくはないけれど、毎日ありがたく食べてます。というか、温かい家庭でいただく食事は、なんでも美味しく感じたな。

「うん、いいですね。ここで暮らすのに問題はなさそうだ」

他にもいくつか質問をしてきたシュヴァルツさんが、納得したように頷く。

私はぺこりと頭を下げた。

「よろちくおねがいちまちゅ！」

うーん、舌足らずだ。

自分の頭の中の言葉に、舌や口の筋肉が追いついていなくて甘ったれた発音になってしまうのがちょっと恥ずかしいけれど、たぶんあと数年の辛抱だろう。

「こちらこそ。少し出てきますので、待っていて」

「おこいぅのれすか？」

「ん？」

「どこ、いくの、でしゅか？」

ああ、もう！　お母さまやお父さま、村の人たち相手なら気にならない幼児っぽい喋り方だけれど、なまじシュヴァルツさんが私に対しても大人にするように喋りかけてくるので、舌足らずが気になってしまう。

「ああ、湯を貰ってくるだけだ。心配しなくていい。長旅ご苦労様。寝る前に汚れを落としておくほうがいいでしょう」

「おゆ～！」

お湯！　真冬はともかく、この春先の時期は村ではすでに水浴びになってしまっていたからありがたい。異世界のお風呂事情は、意外と厳しいのだ。

シュヴァルツさん、なんて気遣いができる人なんだろう。

ベッドにちょこんと座ってわくわくと待っていると、すぐにシュヴァルツさんが戻ってきた。

大きなたらいには、湯気の立つお湯がたっぷりはられている。

けっこうな重さのはずだけれど、シュヴァルツさんって力持ちなんだな。かなり鍛えていそうだ。

「ほら、湯だ」

シュヴァルツさんは床にたらいをドスンと置いて、黒ずくめの衣装を脱いでいく。

グローブに、黒塗りのレザーの胸当てと、体のラインを隠していたベルトにブーツ。

けれど、効果音が変だ。

ガタン、ガタン、ドスン！

次々に、色々な場所から隠し武器が床に落ちていく。

そんなとこにも隠してるの⁉　という量の暗器だ。

そこまでして、ようやく口元を覆っていたスカーフと頭巾が取り去られる。

「……ふぅ」

はらり、と長い黒髪がこぼれ落ちた。薔薇《ばら》のように赤い唇が、とても大人っぽい。

抱っこしてもらっているときの感触から、そうじゃないかと思っていたけれど。

シュヴァルツさんの性別は、女性だったみたい。

ハスキーな声とさっぱりした喋り方だから、声だけでは判断が付かなかった。

（やっぱり、女の人だったんだ……しかも、美人！）

シュヴァルツさんの引き締まった体は、まだ十代の生娘のようにも、熟した妙齢のお姉様のようにも見える。超絶な美人がお湯に浸したタオルで旅の疲れと汚れを落としていく。思わず見とれてしまった。

すると、シュヴァルツさんは私の視線に気づいてか、気づかずか、あらかた自分の体を拭き終えたところでさっさと部屋着に着替えて、たらいのお湯をとりかえに出て行ってしまった。

「サクラ殿、あなたの番だ」

「えっ」

「さあ、服を脱いで。湯が冷めますよ」

「あわ……えっと」

「拭いてあげます、遠慮なさらず」

この美人の前で、脱ぐ！　ぽんぽこのお腹に、むちむちの手足なのですよ、こちらは。

幼児としては正しいプロポーションだけれど、出会って間もなくこれは恥ずかしすぎます！

私がモジモジしていると、

「……自分でできる、と？」

シュヴァルツさんが気持ちを汲《く》んでくれた。

「あいっ」

こくこくと頷いて意思表示。

シュヴァルツさんがそっぽを向いてくれている間に、急いで自分でお湯を使わせてもらった。

ちびっこなのを活かして、たらいを湯船がわりにさせてもらった。ああ〜……生き返る……。この世界にもお風呂が普及すればいいのになぁ。

「寮で一番のチビに服を借りてきたが……やっぱりデカいか」

村から出てくるときはほぼ着の身着のまま。没収されたわずかな手荷物は王城に保管されているとのことだったので、シュヴァルツさんが用意してくれた服に着替えた。

……サイズが合っていなくて、なんだか赤ちゃんの産着みたいだ。

一応、一番体格の小さな知り合いから借りてきてくれたみたいだけれど。

「まあ、寝るだけだからいいだろう」

肩をすくめるシュヴァルツさん。

「しゅゔぁるつさん、こえ、ありがとうございましゅ」

シュヴァルツさんが私に貸してくれていたネックレスを差し出す。

例の隠匿水晶《ハーミット・ストーン》だ。

よくわからないけれど、これのおかげで大勢の前で魔力量がバレずに済んだらしい。

「ああ、隠匿水晶《ハーミット・ストーン》か……役に立ったようでよかった。貴殿のように幼い者が聖女だなんだと役割を押しつけられるのは理不尽だからな」

受け取った水晶をじっと見つめて、シュヴァルツさんは微笑んだ。

あれ、思っていたよりもずっと表情豊かな人みたいだ。

隠匿水晶《ハーミット・ストーン》というのは、たしか魔力や生命力を隠蔽してくれるアイテムのはず。

生物の魔力を感知して起動する罠《わな》や、襲ってくるモンスターもいるはずだ。シュヴァルツさんのような隠密にとっては、かなり大切な代物だろう。返却し忘れなくてよかった。

「こいつがあったとて、だ。よくあの強大な魔力を隠して、水晶の目をごまかしたな……サクラ殿、やはり貴殿は只者ではないのだろうな」

「んえっ⁉」

いやいやいやいや。

私は首を横にぶんぶん振って否定する。

(ただものです、ただもの！　我完全只者！　どうにかこの状況を逃れて、普通の子どもとして健やかに生きていくんです！)

慌てる私を見て、シュヴァルツさんがふふっと笑う。

「今は任務外。あなたが何者だろうと、個人的にはどうでもいいですよ。ほら、そっちに詰めて。ベッドはコレしかないんだ、私が床で寝るとか勘弁だぞ」

「あ、あい」

「今夜は狭いが我慢してください。明日以降に、あなたの居室も手配する予定です」

この美人と一晩一緒に寝るのですか。女同士とはいえ、ちょっと緊張します。なんだかシュヴァルツさんからはいい匂いがするし……。

ともあれ、やっとベッドで眠れる。

ほっと一息ついたところで、眠気が訪れた。


――コンコン！　コンコン！


ノック音。

訪れたのは眠気だけじゃなかった。

幼児はもう眠いのですが。

「……誰だ？」

夜中の訪問者。

怖い人かしら？

少し警戒しながらシュヴァルツさんがドアを開けると、そこに立っていたのは――皇帝陛下だった。

背後に二人、護衛を連れている。

深くフードを被ったローブの魔術師っぽい人と、いかにも騎士って感じの金髪の騎士。

「わっ……!?」

「……陛下。このような場所に何用ですか」

皇帝陛下はシュヴァルツさんの質問に答えずに、私が座っているベッドのほうへとツカツカ歩み寄ってきた。

緊張が、走る。

私、後ずさる。

「………」

じーっと私を見つめる皇帝陛下。

ドギマギしていると、しかめ面だった陛下が突然にっぱぁっと笑った。

「なっははは！　怖がらずともよいぞぉ。ほーら、じぃじですよぉ」

それはもう、初孫を前にしたおじいちゃんそのものの表情で。

「じ、じーじ……？」

思わずオウム返しをした私の言葉に、皇帝陛下は大歓喜。

「ほっほほほ、こりゃ賢いのぉ〜〜！」

後ろでシュヴァルツさんが「やれやれ」という表情をしている。

……これ、どういう状況ですか？？

第7話　おじいちゃんは孫に甘い

「捨て子だの、聖女だのは、いったん脇に置いておこう。アマンダが育てた子となれば、わしにとっては孫も同然！　……ほほほ、嬉しいものじゃな」

玉座に座っていたときの険しい表情とは別人だ。

皇帝陛下は、ニコニコ顔で私のもっちもちのほっぺを指でつついてくる。

意外と力加減をわかっているのか、不快ではなかった。むしろ、ちょっと嬉しい。

「ほほほ、家臣の手前、威厳を保つのも楽じゃないわい。べろべろば～」

「きゃ……きゃっきゃっ！」

前世ではどんどん弱っていくおじいちゃんを介護していたから、こうやって「孫扱い」されると……ちょっと、涙が出てきそうになってしまった。

そうです。おじいちゃんっ子なんです、私。

皇帝陛下は、私がにこりと微笑みかけるだけで手を叩いて喜んでいる。

シュヴァルツさんは呆《あき》れ顔で皇帝陛下を見守っていたけれど、ふと表情を曇らせた。

「……キャサリン殿下が、アマンダ殿下を呪ってきたことは――」

「うむ、薄々は察しておったことじゃ。あれの母親は、もとより敵対国から嫁いできた女じゃった……我が帝国に対しても、わしに対しても、色々と思うところもあったのじゃろうて」

少し寂しそうに呟く皇帝陛下。

「天災とも呼ぶべきモンスターの発生に対抗すべく、周辺地域の諸国をまとめて強権的に組織されたのがこの国……シャンガル帝国じゃ。もとより一枚岩ではない」

お母さまに呪いをかけていたキャサリンさんと婿殿のミハイルさんには、今後厳しい取り調べが行われるらしい。

というのも、例の呪いは帝国の魔術師さんたちでも見抜けなかった。とても巧妙で、珍しいタイプの呪いだったらしい。

「……キャサリンは監視を付けたうえで軟禁処分にするつもりじゃよ」

（よかった、死刑とかじゃなくて）

ほっと胸をなで下ろす。

私が多くの人が集まったあの場でお母さまに絡みついた鎖を握りつぶしてしまったせいで、キャサリンさんが死ぬ……というのは、ちょっと責任を感じてしまうもの。

「ところで、だ。その呪いを解いたのは、一体どういうカラクリだ？」

女の子の声が響いた。

陛下の護衛――魔術師っぽいローブを着た人影が、ばさりとフードを脱ぎ捨てた。

麦色に近い金髪を二つ結いにした女の子だ。長い前髪と眼帯で片目を隠している。年齢はかなり若くて、小学生くらいに見える。

「……なんだ、その服。がばがばじゃないか」

ふふん、と笑う魔術少女。

（あ、この服……この人のなんだ）

魔術少女は、早口でまくし立てる。

「あの呪いはアマンダ殿下の魂に馴染《なじ》みきっていた。広間にいた者で呪いの存在を感知できていたのは、あたしの他にはあと数人といったところだろう。解呪が可能な僧侶も白魔法の使い手もいなかったっていうのが情けないが……それが、急に呪い返しが起きて驚いた」

口ぶりからすると、かなりの腕利きの魔術師……というか、魔術オタクみたいだ。

騎士のお兄さんが、冷静な口ぶりで同調する。

「シュヴァルツ殿。説明を求めたい。王城にある戦力の把握は騎士団としての勤めだからな」

皇帝陛下が連れてきた二名は、それぞれ腕のいい魔術師と騎士ってことね。なるほど、皇帝陛下の護衛に不足はないだろう。

「それは……」

シュヴァルツさんが口ごもる。

ちらり、と私に視線を送ってきた。

私は首をブンブンと横に振る。私じゃありません、断じて！

こんな小さな体で、面倒には巻き込まれたくないもの。

「リリィ、アインツ。落ち着け」

魔術師の女の子がリリィ。騎士のおにいさんがアインツというらしい。

（これは……まずいぞ！）

彼らの様子を見るに、このシャンガル帝国という場所は能力さえ高ければ、若かろうがなんだろうが即戦力として採用しているっぽい。

もちろん、自分がそんなに優秀な人材とは思えないが……でも、『ファンタジック・フェアリー・ゲート』のゲーム設定の中でサクラが「過労死聖女」ってポジションだったことは忘れちゃいけない。

「そのことじゃが……わしの勘ではあるがのぅ、あの呪いを解いた者はお前ではないか？」

皇帝陛下が指差したのは……。

「は、はいぃ⁉」

「ノアル・シュヴァルツ。アマンダにかけられた不妊の呪いを解いたのは、お前じゃな？」

皇帝陛下が自信満々におっしゃる。

それはもう、館の広間で「犯人はこの中にいる」と宣言する名探偵ばりの自信満々さだ。

だけれど。

（ん、この人……わざとやってる？）

ぱちん、とお茶目にウィンクして見せる皇帝陛下。

というか、シュヴァルツさんはノアルっていう名前なのか。

彼女のミステリアスな雰囲気にぴったりの、ユニセックスなお名前だ。

「いえ、あの、陛下……？」

さすがのノアルさんも戸惑っている。

「みなまで言わずともよい、ノアル・シュヴァルツよ――わしはちゃんとわかっておるぞ」

（いやいや、わかってないでしょ！）

ツッコミたい気持ちを抑えて、私は成り行きを見守る。

これは、何か大きな勘違いが起きているみたいだ。

私にとっては、かなり好都合だけれど……。

「ノアル・シュヴァルツ。その出自は詳細不明……ということにはなっているが、先帝と東方の巫《み》女《こ》の間にお生まれになったとかぁ？」

魔術師のリリィさんが、ダウナーな声で尋ねる。

「……そういう噂もありますね」

「くだらない宮廷内の噂話だが、当たらずとも遠からずといったところか？　隠密隊としての卓越した体術や隠遁術《いんとんじゅつ》も、東方の技だとか」

リリィさんが言うと「ふむ！」とアインツさんが唸る。

このイケメン騎士は噂話に明るくないみたいだ。中身もイケメンだな。

「シュヴァルツ殿の身のこなし、只者ではないと思ったが……なるほど。異国の武術がルーツとなれば納得だな！」

たしかに、と私は納得する。

泥蛙竜《トード・ドラゴン》を倒した身のこなしは、人間業とは思えなかった。

（って、あれは私が強化《エンチャント》したからだっけ……とはいえ、ひとりであの大きい蛙《かえる》に立ち向かえるくらいには、腕に覚えがあったってことだよね）

魔術師のリリィさんが続ける。

「あたしの見立てでは、少なからぬ魔力を持っていると見える。解呪の法を心得ていても不思議ではないし、隠密隊ってのは色々とヤバいやつらもいるからな～」

シュヴァルツさんが、困り果てた表情で口ごもる。

「あー……その……」

「なに、明言せずともよい。隠密隊、騎士団、魔術会の帝国三本柱にあって、わしが最も信頼しているのがお前たちだ……主君に対しても明かしていない、隠し刀や奥の手のひとつくらい、なくては困る」

「……はぁ」

シュヴァルツさんの沈黙が、なんだか勘違いを加速させてしまったようだ。

私にとっては好都合だけれど。

「ノアル、これからも期待しておるぞ」

「恐れ入ります」

どうやら、シュヴァルツさんのほうでも、この「勘違い」を受け入れたらしい。

「……と、このように話を進めるつもりじゃ。どうかな？」

にこ、と皇帝陛下がチャーミングに微笑む。

マジか。この人……めちゃくちゃいい人だ。

皇帝陛下っていうぐらいだから、威圧的で独善的な人だと思ってたけど。

たぶん……私が「大聖女」だと多くの人に知られるのはよろしくない、と思ってくれているようだ。

「シュヴァルツには苦労をかけるが……そなたの出自についてとやかく言う者も少しは減るだろう」

「お気遣い、痛み入ります」

「先帝……馬鹿な甥《おい》が迷惑をかけるの」

ほほほ、と皇帝陛下が笑う。

（そうか、先帝ってずいぶん若かったんだ）

王族ってのも大変そうだ。

「老いぼれに末永く仕えておくれ」

「はっ！」

シュヴァルツさんが頭を下げる。

皇帝陛下の口ぶりだと、リリィさんやアインツさんだけではなく、シュヴァルツさん本人が幼少期から帝国で働いているのではないだろうか……前世の私と同じように。

（うーん……これは、絶対に魔力についてバレちゃいけないわね……）

私は決意を新たにした。

「サクラちゃんの処遇は早いうちに決めるつもりだ。反対派の口を塞ぐことができれば、近いうちに両親のもとに返せるじゃろうて」

サクラちゃんって。おじいちゃま気分になるのが本当に早い人だな……。

「……モンスターどもを倒す力を、死の疫病を――魔塵症《まじんしょう》を祓える力を、なぜ天は我らに授けてくださらんかったのか」

皇帝陛下の大きな溜息と、眉間に刻まれた深い皺。偉い人というのは、苦労が多いのだろうな。

絶対に偉くなりたくない。（※予定もない）

「サクラちゃんよ、おぬしはまことの大聖女なのじゃろうが……こんなに可愛い孫に頼るとは、老いぼれは恥ずかしいの～」

もうひとしきり私のほっぺをぷにぷにしてから、皇帝陛下ことおじいちゃまは去っていった。

「はぁ……最後の最後まで疲れただろう。さっさと寝よう」

シュヴァルツさんが、ごろりとベッドに横になる。

（……『まじんしょう』って……？）

さっき聞いた単語について、私は記憶を探る。

たしか、ＨＰが削れていくデバフが付与される状態異常《バッドステータス》だった気がする。ゲームプレイ動画の中だったら、少し厄介な状態異常《バッドステータス》だって程度だけど……それがもし、現実の病気だったら……？

ぶるる、と思わず身震いする。

そんな病気、絶対になりたくない……！

それにしても、見ていてよかったゲーム解説動画。

っていっても、流し見だから魔塵症の原因も治療法も、まったく情報を覚えていないんだけどね。

「なあ、サクラ殿」

「わっ！」

突然、シュヴァルツさんに名前を呼ばれて驚いてしまう。

「……今夜くらいは、ゆっくりお休み？」

ぽん、ぽん。

シュヴァルツさんが眠る私のお腹をそっと叩いてくれる。

少しだけ甘えたような声と口調だ。きっと、シュヴァルツさんの本当の喋り方はこうなんだろう。

今までずっと、気を張っていたのだろう。

私の心臓が脈打つよりも、ちょっとだけ、ゆっくりのリズム。

お母さまがしてくれるのと同じように、優しい手つきだ。

あっという間に、瞼が重くなってくる。

「……子どもでいられる時間が、なくなっちゃうから……」

体温の高い赤ちゃんに触れていたからなのか、シュヴァルツさんもあっという間に声がふにゃふにゃになる。

「ふふ……あなた、お日様の匂いがする……」

すぅ……と安らかな寝息を立て始めたシュヴァルツさん。

そういえば。帝都に連行される間、シュヴァルツさんがまともに眠っているのを見た記憶がない。

幼児の私は、お父さまやお母さまよりも眠っている時間が長いからかもしれないけれど。

もうすぐにでも寝落ちしてしまいそう。

幸せでほわほわの意識の中でシュヴァルツさんの寝顔を眺める。不思議な人だ。大人にも、少女にも見える。寝顔なんて、本当にあどけないんだ。

お父さまとお母さまと引き離されたとは思えないほどに、リラックスした気持ち。

私もいつの間にか、すやや……と眠りに落ちてしまったのだった。

第８話　質問があります！

次の朝、目が覚める。

「ほげ……」

あたたかい。のどかな日差しだ。

シュヴァルツさんの小さなアパートの部屋に、お日様が差し込んでいる。

（うぅ……大聖女様確定かー……）

昨夜のことを思い出す。

皇帝陛下《おじいちゃま》と数人の腹心だけの秘密ということになったとはいえ、大聖女であることが確定してしまったわけだ。

（とにかく、『過労死聖女』なんていう不名誉なあだ名だけは避けたい。あまり目立ったりしないようにしなくちゃね！）

決意も新たに起き上がると、もうお昼近い時間だった。

ベッドの上に座って、きょろきょろとあたりを見回す。

シュヴァルツさんの姿が見えない。

けれど、そんなに遠くに出かけているわけではないと思う。

（皇帝陛下《おじいちゃま》の指示で、私の面倒見ているんだもんね……ふぁ）

まだ眠くて、大あくび。

窓から差し込む光が眩しくて、思わず目をこすった。

もう遠い記憶だけれど、生まれなおした日の世界の眩しさを私はまだ強烈に覚えている。慈愛に満ちた、お父さまとお母さまの表情も。子どもらしく成長して、当たり前の青春をして、大人になって自分らしく生活したい……それが、私の目標だ。

けれど、と三歳児の私は考える。

一家で夜逃げからの帝都に連行、まさかのお母さまは王族というハプニングに直面して実感したのだ。

（この世界の普通って、どうなってるんだろ？）

流し見していた『ファンタジック・フェアリー・ゲート』のゲーム解説動画で語られるのは、基本的には「大人の世界」だ。

オープンワールドゲームとはいえ、世界の全部が描かれるわけじゃない。

プレイヤーは律儀に赤ちゃんから成長していくわけではないしね。

ゲーム内で描写されるのは、ほとんどが大人の世界だ。プレイヤーもＮＰＣも、商業や狩猟などの同業者組合いわゆる「ギルド」に所属していたり、冒険者としての討伐・採集、生産職としての物作りに従事しているキャラがほとんどだ。

アインツさんのような若者や、リリィさんのような幼い見た目のキャラクターも多かったと記憶しているけれど――誰も彼もが「大人」として振る舞っている。

その「大人」たちがどうやって育って、いつ大人になるのか？

（わ、わからない……！）

北方の村に住んでいる三歳児には知り得ない情報だ。

村の子どももたちは、村の集会所で読み書きの手習いをしている様子だった。

それで、だいたい十代の半ばになると「大人」として仕事を持ったり、結婚したりする。

たしか、村の中でも優秀だという子が近所のおばさまたちに「少し昔なら帝都でもっと勉強できたのに」なんて言われていたような気がする。

（ふむー。今は帝都で勉強できないってこと……？）

子どもたちがみんな学校に通って、成人してから働いて、結婚して……なんていうのは、決して「当たり前」ではない。考えてみたら当然のことだけれど、今になって実感する。

（私、この世界で……まともな子ども時代を過ごせるのかしら？）

この状況、いまさら村に帰ることはできないだろう。

帝都での暮らしは、これからどうなるのだろう。

それ以上に、昨夜聞いた『魔塵《まじん》』についても気になる。

本気で心配になってくるのですが。

あれこれ考えていると――。

「サクラ殿。起きたのか。子どもは早起きなものだと聞くが、あれは嘘だな」

シュヴァルツさんが部屋に入ってきた。

すでに彼女のコスチュームである黒ずくめの覆面姿で、立ち働いていたみたいだ。何やら大きな荷物を抱えている。ぺこり、と頭を下げる。

家主を差し置いて爆睡というのは、いくら三歳児といえどもマナー違反だったかもしれない。

シュヴァルツさんにぺこりと頭を下げる。

「おはよーございましゅ、しゅうあゆちゅしゃん！」

死ぬほど舌がもつれた。幼児の舌は、いつもこう。

「……は？」

「しゅ、しゅあ、しゅわ、しゅあう……」

「ぷ……もしかして、私の名を覚えたのか？」

こくん、と頷く。

今、シュヴァルツさん、笑いをこらえていた？

ひ、ひどい！

「言いにくいなら、ノアルでいい。それなら……サクラ殿も言えるだろ」

「のある、しゃん！」

よし、言えた！　やったー！　ぐっとガッツポーズをする。

この世界にガッツ石松は存在しないけれど、ガッツ石松が存在する世界からやってきた私がする勝利のポーズはガッツポーズだ。異論はないでしょ？

シュヴァルツさん、もとい、ノアルさんが私を抱っこして食卓につかせてくれた。

「朝食のパンとミルクだ。花の蜜で甘くしてあるぞ」

「わ！」

村で食べていた硬くて酸っぱいパン……と、大差ないパンだけれど、焼きたてだ。一度温めたらしいミルクは冷めていていてしまっていて、カップの底のほうに蜜が固まっている。けれど、これはこれでデザートみたいだ。

さすがは帝都。

贅沢品《ぜいたくひん》だった甘味が、こんなふうにカジュアルに味わえるとは。

私が生まれ育った村とは、生活が根本的に違うんだなと実感した。

「いららきましゅっ」（※「いただきます」）

「うん。召し上がれ」

両親と離ればなれになっている不安はあるけれど、朝ごはんは美味しかった。

私、けっこう図太いのかもしれない。

「うまそうに食べるな、サクラ殿は」

「んむっ」

仕方ないよね、だって食べ盛りなのだ。

好き嫌いのない三歳児である。むしろ褒められたい。

決して美味しいパンではないけれど、よくよく噛《か》めば味が出てくるのをこの三年間で学んでいるのだ。

「食べこぼしもないし、手がかからないのだな……」

ちょっとだけ残念そうな声色のノアルさんである。

シュヴァルツさんが運んできた荷物をほどいている。

「おお。さっそく子ども服が運ばれてきたぞ」

「か、かあいい！」

フリルとレース、それから飾りボタンが上品にあしらわれた子供服だった。とても上等だ。

ざっと数えただけでも十着はありそう。

ひらりと、厚手の便せんが落ちる。

そこには「お母さんの子どもの頃の服だけれど」とメモ書きがあった。お母さまの字だ。

取り立てて華美ではないけれど、質のいい物だとわかる。

お母さまは、私が言うのもなんだけどかなりの美人だ。

子どもの頃も、さぞ可愛かったのだろうな。

というか。なんといっても、お母さまは本当の「お姫様」だったし。

白金髪の美少女を妄想する……うーん、絶対に似合っていたに違いない。

ふと、私のピンク色の髪の毛が視界に入る。

今思えば、このピンク髪も若葉色の瞳も、お父さまにもお母さまにも似ていないんだよなぁ……

捨て子だったというのも、納得だ。

血の繋がっていない私を、こんなに可愛がってくれるなんて……お母さまもお父さまも、血が繋がっていないのに孫バカを発揮していた皇帝陛下、なんともお人好しだ。

「おかーさまの、おようふくかぁ」

ぽつん、と呟く。

ノアルさんが怪訝《けげん》な顔をした。

「む？　サクラ殿、文字が読めるのか？」

「あっ！」

しまった。これがお母さまの服とは、ノアルさんからは一言もなかった。

便せんを読まないと、わからない情報だ。

しまった……と両手で顔を覆っても、もう遅い。

生まれたときから両親の言葉を理解できたし、この世界の言葉をすらすらと読むことができた。

どういう仕組みかわからないけれど、「そう」なっているみたいだ。

「まあ……帝都大聖域に召喚されたのだから、そういうこともあるのか……」

「うー」

ノアルさんに対して、幼児ぶっているのも限界な気がする。

いっそ、色々とこの世界のことを聞いてみるのも手かもしれない。


それから数日間、私はノアルさんの部屋から出ることは禁止されていたけれど、そのかわりにノアルさんからこの世界のことについて色々と聞くことができた。

質問【１】　お父さまとお母さまはどうなっているの？

ノアルさんの回答「今は、色々と調書を作成したり、この数年の暮らしぶりについて調べを受けている。アマンダ殿下の呪いは……リリィが率いる魔術師たちの精密検査によって、キャサリン殿下が行った呪術が事実だったことが突き止められた。『そこに呪いがある』と知っていなければ、認知することもできないものだったらしい……さすがだな、サクラ殿」
いやいや、それほどでも！

質問【2】 私がお父さまとお母さまに引き取られたのは、なぜ？

ノアルさんの回答「何者かがダン殿に『捨て子を育ててほしい』と頼んで、騙して押しつけた形らしい……すまない、サクラ殿に対して『押しつけた』なんて言い方。とにかく、帝都大聖域に召喚された子だと知らずに行われたことだったらしい。個人的な恨みだということだけれど……少し、違和感はありますね」

ふむふむ。

つまりは、すべてはキャサリンさんの一派によって仕組まれたらしいけれど……どうして？ どうやって？ という疑問が残る。

キャサリンさんの一派は言葉巧みにお父さまとお母さまに接触して、私を連れて帝都から逃げる手引きを手伝ったのだという。そして、帝都大聖域に召喚された私を、『聖なる日』に生まれ親に捨てられてしまった孤児という設定でお母さまに引き渡した……と。

続けて、ノアルさんがしれっと言い放つ。

「これらが明るみに出たのは、隠密隊の仕事だ。関係者を尋問して判明した」

「じ、じんもん……」

「隠密隊の尋問師は優秀だからな、本当も嘘も吐かせられない自白はない」

さらっと怖いことを。

深くは聞かないでおこう……。

「おそらく、キャサリン殿下の裏で糸を引いている者がいると推測される。が、今のところ尻尾は掴めていない」

「そーなんでしゅか」

「異世界から召喚されるという『聖女』をよく思っていない一派だろう――候補はいくつか思い当たるがな」

「ふーん？」

「ともかく、じきにアマンダ殿下たちの嫌疑は正式に晴れるはず。陛下のあのご様子だと、すぐにあなたもご両親と共に暮らせるかもしれんな」

皇帝陛下の昨夜の様子を思い出す。

すっかりおじいちゃま気取りだったしなぁ。


質問【３】魔塵症《まじんしょう》って何？

ノアルさんの回答「数年前から帝国内で流行している疾患だ。モンスターの討伐が順調にいっていると思えば、次は疫病だ。結果としてモンスターどもへの対応も後手に回り始めた。この病気の原因はいまだ不明。徐々に衰弱して、やがて死に至ってしまう。キャサリン殿下の母親である正妃殿も、アマンダ殿下のお母上も、魔塵症《まじんしょう》で亡くなっている……この疾患への対処法の発見が、シャンガル帝国の大きな課題だ」

やっぱり、ＨＰが少しずつ減っていく状態異常《バッドステータス》で間違いないみたいだ。

といっても、ちょっと能力値が下がるだけではなく生死に関わるものみたいだけれど……。

「この疾患の蔓延のせいで、王族も貴族も外に出たがらない。近年では学校も閉鎖されている始末だからな」

「がっこう！」

おっと、気になるワードだ。

どうやら、この世界にも学校制度のようなものがあるらしい。私の人生・学院編に希望が持ててきた。

でも、閉鎖ってどういうことだろう？

「ああ、神聖学院……王侯貴族の他に優秀な平民が通う帝国内最高峰の学び舎だ。昨年からは貴族たちが寮生活を嫌がって閉鎖されてしまった……今は数少ない研究者と、行き場のない平民たちだけが留まっているそうだが」

学校……学校！　三歳児の今は無理だけれど、いつかは通いたい学校！

「……おそらく、帝都大聖域に召喚される異世界の『大聖女』に期待が寄せられているのも魔塵《まじん》症《しょう》の浄化が目的だ」

ははーん。

大聖女なら、魔塵症《まじんしょう》をどうにかできるかもってことか。

「がっこう……がっこうかー……」

ごめんなさい。

そんなことよりも私は、未来の学院生活に胸を高鳴らせております。

いや、でもまずは魔塵症《まじんしょう》とやらをどうにかしなくては学院生活がやってこないんだ。

「むーん」と腕組みをして考える。

うんうん唸って考えても、答えは出なかった。

「わたちが、みんなをたしゅけられゆ……」

「私としては、皇帝陛下に同感だ。あなたのような赤子に国の問題を背負わせるのは筋違いかと思っているが……サクラ殿、あなたはどうしたいのです？」

ノアルさんが言う。

三歳児の私に対しても、大人に対するのと同じ言葉使い。

でもそれは、他の人たちのような「三歳児にちょっと込み入ったことを話しても、どうせ意味がわからないだろ」と高をくくったものではなかった。

この数日で、私が普通の三歳児ではないということに確信を持っているようだった。

私は少し迷ってから、ノアルさんに自分の生い立ちを話してみることにした。

たぶん、この人は信用できると思ったから。

「あたちのはなちを、きーてくえゆ？」

前世のこと。転生のこと。それから、村での生活。

全部、話してみよう。

「何ですか、サクラ殿？」

「えっと、あのね――」

舌っ足らずすぎて、全部話すのに丸々三日かかった。

第9話　ファッションショー

帝都にやってきてから、数日。

ノアルさんに面倒を見てもらいながら、色々と検査をうける日々である。

各種検査の際にはノアルさんから隠匿水晶《ハーミット・ストーン》を貸してもらったので、何度やっても「白魔法適正のある、一般的な女の子」という結果しか出なかった。

日に日に、私の正体を知っている人――皇帝陛下《おじいちゃま》、ノアルさん、騎士さんと魔術師さんの四人――以外からの、大聖女疑惑が晴れていっている感がある。

いい傾向だ。とてもありがたい。

とりあえず、晴れて私は「普通の女の子」になったのだ。

「サクラ殿、見事に猫を被り通したな」

「ねこっ！」

失礼な、と頬を膨らませてみせる。

「転生だのなんだのは、私にはわからないが……とにかく、隠匿水晶《これ》はサクラ殿が持っているといいでしょう。強大な魔力は、どうしても目立ってしまいますから」

ノアルさんが改めて私に貸してくれた隠匿水晶《ハーミット・ストーン》は気配や魔力などを自分の意思で隠すことができるアイテムらしい。

かなり貴重なアイテムだという。感謝だ。

別に猫を被っているわけじゃない。私の中身が大人だと知ってから、ノアルさんはちょっとだけ軽口を叩いてくれるようになった。

「それにしても、そうか……泥蛙竜《トード・ドラゴン》を切り伏せられたのはサクラ殿の力添えだったのか……私もついに、武の極みに至ったかと思ったが」

（ちょ、ちょっとガッカリしている！）

ごめんね、ノアルさん。ぬか喜びをさせてしまったかも……ちょっと罪悪感。

とりあえず、私の正体――私が本当に異世界から召喚された聖女候補であることは、限られた人たちだけの秘密にしてもらえることになった。


そして、今朝。

ついに、色々な聴取を終えたお父さまとお母さまとの面会が許可されたのである。

二人とも、晴れて無罪放免らしい。

「サクラ……！」

「うぅ、サクラちゃん！」

連れてこられたのは、面会用の客間。

滝のような涙を流して、お父さまとお母さまが私に向かって猛ダッシュしてくる。

お母さまは紋章つきの仕立てのいいドレスを着て、お父さまもパリッとノリのきいた小綺麗な装いをしている。

二人は素敵な服に皺が寄るのもかまわないとばかりに、思い切り私を抱き上げた。

ぎゅうっと抱きしめられて、苦しいくらいだ。

いや、ちょ、ほんとに。

くるしいっ！

「お、おとーさま、おかーさま……っ、げほっ！」

お母さまの腕をぺちぺち叩いて、ギブアップの意思表示。

しぬ、しぬ！

「あっ、ごめんね。サクラちゃん」

「ははは。つい、嬉しくてな……夜道で周囲を夜盗に囲まれたときにはもうダメかと思ったから……」

「本当に。あの大きなカエルとか……でも、ちょっとスリルがあって楽しかったわ」

「大型モンスターに遭遇して、そんなにケロッとしているとは。さすが俺の奥さんだよ」

「ふふ、カエルだけにケロッとね」

……わあ。面白いお姫様ギャグ。

お母さまは村にいるときよりも、なんというか素が出ている気がする。

私が思っていたよりちょっと間の抜けたお父さまと、想定よりずっとほんわかお嬢さまだったお母さまである。

それにしても、ドレス姿のお母さま……本当に絵に描いたようなお姫様だ。とっても可愛い！

もちろん、お姫様というには実年齢は成人女性がすぎるけれどね。

「まあ、サクラちゃん。その服……懐かしいわ、私が小さかった頃の！」

「あいっ！」

「可愛いぞ、サクラ。お姫様みたいだ」

お父さまが、にっこりと微笑む。

その後ろで、今にもこちらにダッシュしてきたそうにしている人影が。

「ほっほほ、やっておるか！」

皇帝陛下だった。

「へ、陛下ァ！　ここは他の家臣の目が！　抑えてください」

「わ、わかっておるが！　アマンダが、サクラちゃんと戯れておるのじゃ！　わしもまざりたい！」

皇帝陛下だった。もう完全におじいちゃん気取りだ。

やんわりと家臣の皆様に取り押さえられて、しょんぼりとしている。

「くっ、わしだって……まざりたい……」

私たち家族の再会を遠くから見守る皇帝陛下なのであった。

珍しいというか、奇特な人だ。

血の繋がっていない私を、本当の孫みたいに可愛がろうとしてくれるなんて。

「さすがはアマンダの育てた子。あんなに可愛いのはずるいじゃろう……！」

ぐぬ、と歯噛みしている。そうか、私、そんなに可愛いのか。

きっと「愛娘の育てた子」という贔屓目《ひいきめ》が大きいのだろう。

（ほんとに、お母さまのことが大切だったんだろうな）

なんだか、私のほうが微笑ましい気持ちになってしまった。

ノアルさんに聞いた話では、皇帝陛下はアマンダ姫が失踪してから一気に老け込んだと噂されていたらしい。

事情を知らない家臣たちや帝都の住民たちの中には、「皇帝陛下も重い魔塵症《まじんしょう》にかかっている、長くない」とか「迫りくる厄災の予兆に胃を痛めている」「【悲報】帝国、もうおしまい！」なんて言っている人たちもいたとかで、火消しに苦労したとか。

変な噂ほど出回りやすいものね。

（でもちょっと、妹……キャサリンさんが気の毒な気がしてくるなぁ。お母さまばっかり可愛がられていたってことかもしれないし）

とはいえ、実の姉を呪うなんてやり過ぎだけどね。

ひとしきり再会を喜んだあと、お母さまたちは私に今後について話してくれた。

「あのね、サクラちゃん。お父さまとお母さまはね、何年かしたら正式に結婚できることになったの」

なんと。それはかなりおめでたい。

身分の差的なことで引き離されたら気の毒だ。お父さまも、晴れやかな表情をしている。

「ああ。皇帝陛下のお許らいで、父さんをハンターとして帝国に雇用してもらって、その後、段階を踏んで騎士に叙されることになってね……なんだか、実感が湧かないが」

まずは帝国のお姫様の伴侶としてふさわしい経歴を用意してくれる、ということだろう。

（新天地で再就職か～、大変そうだ）

でもお父さまは真面目な方だから、きっと大丈夫なはず。

改めて結婚式とか、あげるのだろうか。

羨ましいくらいの美男美女だから、きっと絵になるだろうな……。

大好きな二人の幸せが嬉しい反面、寂しくなってしまう。

お母さまの呪いも解いたし、二人に子どもが生まれるかもしれない。そうなったら、私はもう必要ないだろう。

（でも、この三年間を過ごせただけでも感謝しなくっちゃね）

思い切り両親に甘える経験ができるなんて、前世では考えてもみなかったもの。

とか感傷に浸っていると、お父さまが予想外の言葉を発した。

「そうなったら、改めてサクラを私たちの子として迎えることになっている」

「えっ」

「あなた、サクラちゃんを驚かせないで。今もサクラちゃんは大切な私たちの娘よ！」

ぷう、と頬を膨らませるお母さま。

「正式に養子にする手続きに時間がかかってしまうの。ごめんなさい」

「あ、あわ」

「そう。手続きだけの話なんだ。すでに、明日から今までのように三人で生活することも許可していただいている」

私が驚いているのは、そっちではない。

もしも、正式に二人の養子になったとしたら……私は帝国の、お姫様ということになってしまうのでは。

（ひえぇぇ……恐れ多い……！）

いや、まあ、大聖女として過労死するよりはマシだ。

けれど、お姫様業というのも絶対に気苦労が絶えないと思う……。

「サクラちゃん、渡した服で気に入ったものはあった？　よかったら、お父さまとお母さまに着せてみせてちょうだい」

にっこり、と微笑むお母さま。

すかさず、ノアルさんが一礼をした。

「失礼しました、ただいまお持ちいたします」

「あっ……のあるさん」

業務的で、他人行儀な声。

とても寂しくなってしまって、お母さまに抱っこされたまま振り返る。

ノアルさんの姿は、すでになかった。

さすがは隠密。音もなく、ノアルさんは消えていた。

◆

「な、なんて可愛いのかしら……っ！」

その後のファッションショータイムには、正直疲れてしまった。

お母さまの持ち込んだたくさんの服を着てはくるくると回ってみせる。

「サクラの髪の色には、やっぱり瞳と同じ若葉色やライトグリーンが似合うわね」

たっぷり時間をかけて、色々と似合う服を見繕ってもらった。

どの服も、くるくると回るとスカートがお花のように広がる。

どれだけたっぷりの布を使っているのだろう。

私が目を回していると、お母さまがにこりと微笑んだ。

「さあ、陛下に挨拶に行きましょう」

「えっ？」

「どうしたの？　この間はああいう状況だったから厳しい態度でいらしたけど、陛下……お父さまは怖い方ではないのよ」

「いや、えと」

挨拶に行くと言っても、その……。

（……さっきから、ドアの陰で羨ましそうに覗いてるの……陛下だよね……）

ちら、と扉のほうを見る。

隙間からじっとこちらを見つめてる人影は、たぶん……というか、どこからどう見ても皇帝陛下である。

孫娘（仮）のファッションショー観覧にまざりたかったのだろうか。

（へ、変な人！）

大変失礼ながら、私はそう思いました。

キャッ
キャー

第10話　小さな神様

おかしいな、と「それ」は首をかしげた。

「それ」は少年のような少女のような姿をしていた。

口角のきゅっと跳ね上がった小生意気な口元に、勝ち気な瞳。白く輝く銀髪はウェーブがかかってあちこち跳ねている。

なかなかにキュートだ。

日本の某所。団地の片隅に忘れ去られた、小さな祠。

その中で「それ」はくつろいだポーズで両足を投げ出していた。

「それ」の見つめる先には、大きな鏡がある。

大きな鏡に映し出されているのは、ピンク色の髪に若草色の瞳をした幼女の姿……サクラだ。

「すんごい力を授けて異界へと導けば、その力を使ってウハウハのニコニコではっぴぃな暮らしをするのではなかったのか……？」

うーん？と不満顔の「それ」は、要するに少年の姿をしている。

少年　ｉｎ　小学校の片隅の百葉箱《ひゃくようばこ》より小さい祠だ。

そう。少年が見つめているのは大きな鏡、ではなく。

少年が、とても小さいのだ。

シル●ニアファミリーサイズなのだ。

「せっかく話をつけて転生させたのに……何か気に入らなかったのだろうか？」

「それ」の名前は、もうとうに失われてしまっている。

仮に、道ばたの神とでもしようか。

道ばたの神の小さな祠。

祠とともに誰にも手を合わせられることなく朽ち果てていくかと思っていた矢先に、ある男が祠を修理した。物好きな人間だと思った。

その人間の孫が、毎日欠かさずに祠の手入れをしてくれた。

泣いている日も。

眠れなかったのであろう日も。

げっそりとやつれてうつろな目をしている日も。

「毎日手を合わせてたのが、現世利益を授けられるほどの偉い神様じゃなかったのが運の尽きだったよな」

道ばたの神は、死んでしまったその人間を哀れんだ。

そうして、神様組合のツテをたどって「サクラ」を転生させるに至ったわけだ。

彼女の積み上げた小さな「徳」を、ありったけ現地で役立つという「魔力」に変換して。

「……っていうか、気づいてないのか？」

三年前にサクラがあちらで生まれてから、道ばたの神は彼女の成長を観測していた。もうこの世界には、道ばたの神を顧みてくれる者もいない。あとは消えゆくだけだし、余生はサクラの様子を見守ることにしたわけだ。

「あの子、生まれてから何度もケガレというか……こっちの世界でいう邪気を浄化してるよな。飛んでくる虫でも払うみたいに」

そういうわけでサクラの育った村は、疫病が流行ることもなければ、モンスターが出現することもなく平穏無事に過ごしていたわけである。

「あの家も造りはいいけれど、古くてけっこう邪気がこもってたからなあ……サクラがいなければ、あの両親も今頃、病気のひとつでもしてただろう」

小さな神様は、ちょいちょいっと鏡の表面を指先でなぞる。

ちょうど、タブレットを操作する要領だ。

「……あー、やっぱり」

鏡の中には、かつてサクラたち一家が暮らしていた村が映っていた。

古いながらもよく手入れをされていたはずの家は、今は見る影もない。

かつては家族の温かい食卓だったはずのテーブルには、げっそりと痩せた男がテーブルに突っ伏している。

「こいつが借金をふっかけた悪党か。こりゃあ、長くないだろうなー」

男の肌に怪しげな紫色の斑点が浮かんでいる。咳き込むたびに、紫色の粉塵が肺から吐き出されている。魔塵症《まじんしょう》と現地で呼ばれている症状である。

「ははー、この病になると周囲の悪鬼も寄ってくるのか。厄介だなー」

けらけら笑う道ばたの神様。

「サクラがいれば、虫をぺちぺち叩くみたいに追い払ってくれただろうに」

事実、サクラがこの家に住んでいる頃、赤ん坊がでたらめに手足を振り回しているように見えた動きで払われた邪気もあったのだ。

しかし、もうサクラはいない。この家を追い出されてしまったから。

鏡の中で、サクラ一家を陥れた男が呻《うめ》く。

『うぅ……なんで……俺が何したってんだ……』

「いやいや、しただろ。小悪党に限って被害者ぶるんだよな、人間ってのは！」

やれやれ、と道ばたの神様は苦笑した。

じっと黙って我慢する者ばかりがワリを食うのだ。

「小狡いやつほどいいやつのフリをするし、たいした能力もないやつほどデッカい態度をしたがるんだ……まったくもって、嫌になるね」

長いこと道ばたから眺めてきた、人間たちの人生を思い返す。

そうして、鏡の中に映る風景を切り替えた。

ブツクサ文句を垂れながら滅んでいく人間に、もう興味はない。

「この子は本当に、妙な人間だなぁ」

再び鏡に映し出されたサクラを眺めて、道ばたの神様は懐かしげに目を細めた。

第11話　一緒がいい。

「今日は離任の挨拶に参りました」

「えっ」

いつもの黒ずくめ姿で、ノアル・シュヴァルツさんが私のところへやってきた。

日のよく当たる、王城の離れにある一室。

お城側が用意してくれた、私の部屋だ。

びっくりした。

ノアルさんは、私が王城の離れ暮らしになってからも何かと側にいてくれたのだ。当たり前に、これからも一緒にいられると思っていたのに、「離任」って？

一体、どういうことだろう。

「ですから。今日限りで、サクラ殿の側付についてお暇をいただきます」

「どちて……？」

「部屋付きのメイドたちへの引き継ぎ期間が終わりましたので。王城内であれば、近衛兵もいることですし、護衛も見張りも必要ないでしょう」

ノアルさんは、とてもつっけんどんな口調だ。まるで初めて会った、我が家の夜逃げの道中のときのように。

たしかに、ノアルさんがいなくなっても生活に支障はない。

王城暮らしになったお母さまと、いったんは宮廷へ出仕する身分となったお父さまは一緒に暮らすことはできないらしい。

私はというと「皇帝家の血を引く遠い親戚の子」ということで、まだ三歳児とはいえこうしてひとり部屋を与えられている。家族三人で川の字で寝られる日は遠いみたいだけれど、お母さまは日に日に美しくなられているし、少しでも暇があればお父さまは私たちに会いに来てくれる——けれど、それとこれとは別だ。

「やだ！」

「や、やだ……？」

思わず口を突いてしまった、やだ。

だって、やなんだもん。

前世でも今までも言えなかった我が儘《まま》だ。

「やだと言われても……私にも仕事がありますし」

「ちごととあたち、どっちが大切なの？」

面倒くさい激おも女のようなセリフを放つ三歳児に、ノアルさんは少しだけ困ったような顔をする。

「新しい任務があるんです」

「でもっ」

ノアルさんは、私の正体を知ってくれている唯一の人。

とても親切にしてくれて、私を子どもらしく生活させようとしてくれた。

まだまだ彼女について知らないことだらけで、ノアルさんのことをこれからもっと知っていきたいと思っていたところだったのに。

それに、ノアルさん自身がかなりの激務をこなしているらしいのが気になっている。なんの事情があるのかは知らないけれど……正直、私のお世話はかなり楽な仕事なはず。聞き分けのいい子だしね。

ノアルさんに、少しは骨休めをしてほしいという気持ちもあるのだ。

「にんむ……」

「大規模な任務に参加する形ですので、詳細は伏せます」

隠密隊というのは、要するに小間使いみたいなものらしい。

皇帝陛下からの勅命で動く、直属部隊。特に市井《しせい》に紛れ込んだり、他人に化けたりして、王命であることを悟らせぬように仕事を成す搦め手を得意としている。

要するに、おいそれと任務の内容を口外できないってことだ。

「……うっ、うぅ」

うるうる、と私は涙目でノアルさんを見上げた。

ノアルさんがたじろぐ。あと一押しだ。

「だめ……？」

「だ、だめですよ。幼児を連れていくような任務ではありません」

だめだった。

ぷいっとそっぽを向くノアルさん。

忍者のような出で立ちだけれど、最近はノアルさんの表情とか感情がよくわかるようになってきた。もともとは情に厚い人なんだろうな。

「それでは」

一礼してきびすを返すノアルさん。

そのとき、私の部屋の扉がコンコンと軽やかにノックされた。

「失礼いたします、サクラ殿」

心地のよいバリトンの声。

アインツ・フォン・エーベルバッハさん。

金髪碧眼《へきがん》の絵に描いたような品のいい騎士のおにいさん。いつも思い詰めたような硬い表情をしている、生真面目そうな人。

「あいんつしゃん」

「陛下。公務の時間もございますので、面会時間は手短に」

「ほほほ、心配いらん！　公務は逃げんぞ！」

「……遅刻厳禁でお願いいたしますね」

アインツさんの後ろから、皇帝陛下がやってきた。

すでにおじいちゃんの顔をしている。でれでれだ。

「サクラや〜、おじいちゃまじゃぞ！」

「あ、あい」

「少し重くなったかの？　ほほほ、子が育つのは早いのう」

皇帝陛下に抱っこされながら、ちらっとノアルさんを見る。

やってきた陛下に対して、最敬礼している最中だった。

そして、同じく部屋の片隅に控えているアインツさんにちらっと視線を送った。

「……エーベルバッハ殿、どうも」

「シュヴァルツ殿」

「今日は陛下の護衛ですか」

なんとも改まったやりとりである。

「ええ。万が一の襲撃があってもいけません……あなたがサクラ殿付きの間は、サクラ殿との面会時は安全を確保できましたが」

「ん、買いかぶってもらっているようだな」

「まさか。順当な評価です。あなたの実力は、隠密隊のような影の存在でなくとも正式に騎士として働くに値します」

「私には、隠密《こちら》のほうが性に合っている」

じーっと二人の様子を見る。

（うん。やっぱり、そうだよね？　これって……）

私は疑惑を確信に変えた。

今までにも何度か、アインツさんとノアルさんが話している様子を見たことがある。

そこで気づいたことだ。存外に表情がわかりやすいノアルさんは、たぶん……。

「シュヴァルツ殿も例の任務につくそうですね」

「ええ、まあ」

「ふふ……まさか、あなたと同じ任務につくとは」

「えっ！」

ノアルさんが、明らかに声を弾ませた。

むにむにと、皇帝陛下にほっぺたをつつかれながら、やっぱりなーと私は思う。

「のあるしゃん……あいんちゅしゃんのこと……」

好きなんだよね、たぶん。

あんなにかっこよくて強くてクールなのに、反応がいちいち乙女なのだ。

（うわー、何あの感じ！　甘酸っぱいな！）

あの様子を見るに、それぞれの仕事をしていると普段はほとんど会うこともできないのだろう。

なんだそれ、応援したくなってしまう。

それに、ノアルさんは……とても奥手だし。

となれば、奥の手である。

「……おじーちゃま？」

「ふぉっ⁉」

必殺、おじーちゃま。

皇帝陛下、ごめんね。ふにふにほっぺの孫（仮）に「おじーちゃま」なんて呼ばれて、正気を保てるおじいちゃまはいないだろう。

「さくらね、のあるしゃんといっしょがいいなぁ」

皇帝陛下への直談判。

状況が状況ならば、即刻お縄ちょうだいになってもおかしくない。

「ほほほ！　そうかそうか、サクラはシュヴァルツをそんなに気に入っていたのか……」

「あと……あいんちゅおにーちゃんも、いっしょがいい！」

私の発言に、壁際でこそこそと言葉を交わしていたノアルさんとアインツさんが「なっ！」と声を揃えた。

（ほらー、ノアルさん真っ赤だし！　アインツさんもまんざらでもなさそうだし！）

くぅ、青春だな。二人とも十代だろうし。若いっていいな。

いや、私だって今は若いんだけどどさ。（※三歳）

「で、ですが皇帝陛下……私は大切な任務が……このあと会議もありますし……」

「サクラはいい子じゃぞ～？　ちょっと連れていくくらいいいじゃろ」

「は、はあ」

グッジョブ、皇帝陛下《おじいちゃま》。

さて。

ノアルさんとアインツさんという、帝国の腕利きを揃えての任務。

それって、一体なんだろう？

第12話　三歳児、会議に出る

城の会議室に集められた人たちは、みんなすごい迫力だった。

ノアルさんに抱っこされたままで周囲を見回す。

「怖くはないか、サクラ殿」

「あい」

「そう。ならいい、このメンツだと気迫に当てられて気分が悪くなる新兵もいそうだから」

やっぱり、そんなにすごい人たちなのか。

そう言われてみれば、くらくらしてきた……気がする。

「というか、多少なりとも萎縮するものですが……本当に只者じゃないな」

（ええっ。ノアルさん、ちょっと呆れてる!?）

『ファンタジック・フェアリー・ゲート』の解説配信を思い出す。

そういえば、過労死聖女サクラは様々な状態異常《バッドステータス》の影響を受けにくかったような気がする。

まあ、前世で勤めていた職場の会議以上に雰囲気が悪いことはないだろうし……と思うと、まったくもって怖いとは思わないのだ。

お母さまには心配をかけたくないので、私がこの会議に出ていることはナイショにしてもらった。

皇帝陛下に側仕えしていたローブのおじいさんが、全員の前に歩み出る。

こほん、とひとつ咳払いをしてから、じっとノアルさんを見つめる。

「ノアル・シュヴァルツ、先日のアマンダ殿下にかけられた呪いの解呪《ディスペル》は見事であった。事実の追跡から解決までを実行する胆力……体術と隠密術のみの人間であると思っていたが、貴殿のことは覚えておこう」

「それはどうも……恐悦至極でございます」

集まった人たちから拍手があがる。

ちなみに、私の存在に目をとめている人はいない。

よかった、私は無関係ってことになっているようだ。

今日もノアルさんから隠匿水晶《ハーミット・ストーン》を借りているのだ。私の魔力を隠すだけでなく、気配や存在感も限りなく薄くできるらしい。便利グッズだ。

今はノアルさんからの借り物だけれど、いつかは自分用に手に入れたいアイテムだ。

この世界で「ふつう」の子ども時代を過ごすためにも、ぜひ……！

「さて、今回の任務だが……帝都で妙な連中が暗躍している」

「……拝塵教団《はいじんきょうだん》ですね」

「さよう」

はいじんきょうだん。

なんだそれは、と思っているとご丁寧にもローブのおじいさんが説明をしてくれた。

「魔塵症《まじんしょう》を『祝福』だと嘯《うそぶ》き、思い上がった帝国人たちへの天罰であるとして魔塵《まじん》を崇めている連中だ」

あらぁ。

いわゆるカルト教団というやつだろうか。陰謀論って、異世界にもあるのだなぁ。

……そういえば、前世で勤めていた会社のお局社員がナンチャラ水というやつを新入社員に売りつけて問題になっていたっけ。私も「あなたの不幸オーラが消えるわよ！」とか言って、ナンチャラ水を売られたことがある。

（もちろん、そんなもんで不幸オーラなんて消えなかったけどね……残業も介護も貧乏も、ナンチャラ水でどうになるわけないだろ‼）

と、当時は言えなかったのである。

毎日疲れ果てて、視界の四隅がどよどよ曇っていて、ただただ言われるがままに五〇〇mlペットボトルの水をお試し価格一二〇〇円で購入してしまったのだ。ああ、数日分の食費がただの水に……と思いながら。

（どこの世界も同じかー……）

思わず、溜息が漏れてしまう。

「中産階級から貧民まで、広く拝塵教団《はいじんきょうだん》の教えが入り込んできている」

ローブのおじいさんが咳払いをする。

「やつらは魔塵を市民に配り、無差別に散布させているらしい」

どよ、と広間に集まった人たちがどよめいた。

（バイオテロじゃん！）

思ったよりも過激でやばい人たちだった。

異世界、あまりにもハードでは。

「よって、諸君らに！　皇帝陛下と私、ハバルの名をもって命じる。拝塵教団《はいじんきょうだん》を無力化し、市井に撒き散らされた魔塵《まじん》に対応してくれ！」

「ははぁ……つまりは、帝都の『大掃除』ってわけだな」

ノアルさんがふん、と鼻を鳴らした。

あの偉そうなおじさん、ハバルさんって名前なのね。新情報だ。

でも、そりゃそうだよな。

人気ゲーム『ファンタジック・フェアリー・ゲート』によく似た世界とはいえ、ここはゲームの世界じゃない。名無しのモブなんていないのである。

（そうかぁ、帝都かぁ）

村から連行されてきて即、お城暮らし。

ここは帝都。

きっと異世界のあれこれを体験できる、格好のシチュエーションのはずだ。

なのに、まったく街中を見学できていないじゃないか、と気がついた。

（これは……チャンスかも！）

バイオテロとか物騒だけれど、少しくらいなら！

私も街に行きたいって、ノアルさんにお願いしてみよう。

第13話　乙女心

「だめです」

「ええっ」

帝都見学をしたい。

そんな私のお願いは、ノアルさんによって一蹴された。

「せめてアマンダ殿下の許可を得てください」

「……おかあしゃま、たぶんしんぱいしゅる」

「では、当然却下ですよ。サクラ殿を両親に内緒で連れ出すのは仁義にもとるでしょう」

「うっ」

大正論である。

というか、前世ではやや育児放棄ぎみに育ったから、今ここに至るまで「親が心配するかも」とも考えなかった。反省だ。

「帝都のお土産、買ってきますから」

「うう～」

ノアルさんは魔塵症《まじんしょう》を広めようとしている拝塵教団《はいじんきょうだん》の活動状況を知るために、帝都シャガールの街中を見て回るそうだ。

そのついでに、私も帝都見学をさせてもらおうと思ったのだけれど。

「どうしても、だめ？」

「軽々しく外出するのはダメだろう……あなた、一応は軟禁扱いなので」

「なんきん⁉　はちゅみみですが⁉」

びっくりした。私、軟禁扱いだったのか……お城でいい暮らしさせてもらってるのだと思っていたのだけれど。

いや、たしかにお母さまと引き離されているのは、なんだか変だなとは思っていたけれど。お城の暮らしっていうのはこんなものなのかと思い込んでいた。

「そりゃあ帝都大聖域……得体の知れない異世界から召喚されたかもしれないのだから、サクラ殿は」

「うう」

聖女だとバレれば過労死ルート、隠せばどこかの馬の骨。

困ったモノだ。

「正直、いつまでも隠せるものではない」

「でちゅよね……」

「だが……たとえば、サクラ殿が聖女であると認定される前に帝国の危機、つまり魔塵症が落ち着いていればいいのだけれど」

たしかにそうだ。

平和な世の中だったら、聖女が引っ張りだこなんてことはないだろう。

「うーん……六しゃいごろまでに……」

六歳頃になると、帝国に暮らす子どもを対象にした魔力測定が行われるらしい。優秀な平民を発見して、特待生として教育を受けさせるためのものらしい。

王侯貴族も例外ではなく、高い魔力を持っている子どもは出世街道まっしぐらになるらしい。いわゆる、青田買いってやつだ。

たしかに、モンスターと戦っている帝国としては、優秀な人材を逃したくはないだろう。

「まず当面の課題は、帝都に蔓延《はびこ》る魔塵症《まじんしょう》と拝塵教団《はいじんきょうだん》だな」

「じゃ、じゃあ」

「今回はダメだ」

「うう……」

平穏な暮らしのために、今のうちからできることがあるかもしれない。それってたぶん、この世界の人を助けることにもなるだろうし。

(焦りすぎても仕方ないか……)

まずは帝都の街中をぜひ見てみたいのだけれど、たしかに皇帝陛下やお母さまにナイショにして出かけるのはまずい気がする。特に、お母さまだ。昼間はそれぞれで過ごしているけれど、お母さまの希望で食事はなるべく一緒にとることになっている。

少なくとも、昼食から夕食までの間にお城に帰らないとバレてしまうわけだ。私の我が儘でノアルさんのお仕事を邪魔するわけにはいかない。

「アマンダ様は、サクラ殿がちゃんと生活に馴染めているかどうか心配しておいでですからね」

「はい……」

それはわかっているし、お母さまは忙しい中でも私に会おうとしてくれている。

今は帝国を離れていたときに起きたことや、王族として知っておくべきことをみっちりと家庭教師に叩き込まれているらしい。なんというか、お姫様も楽じゃないんだな……と思った。

「とりあえず、視察は私に任せてほしい。潜入と情報収集は帝都隠密隊の本分ですからね」

「あい……」

せっかくの異世界の街なみを見学するチャンスなのに。

生まれてすぐは月が二つ浮かんでいるとか、植物が光っているとか、そういう景色に感動していたけれど、私が住んでいた村はとても平凡な小集落だった。煌びやかな衣装とか、獣人とか、そういう目を引くモノは見当たらなかった。

帝都ともなれば、かなり色々なものが見られると思ったのだけれど。

ガッカリだなぁ、とほっぺたを膨らませていると。

向こうから光り輝くイケメンがやってきた。

「シュヴァルツ殿、少しいいかな」

「……アインツ・フォン・エーベルバッハっ⁉」

「む、取り込み中だったか？」

「い、いや。急に話しかけられて面食らっただけだ」

もごもごと何か言っているノアルさんである。

やっぱり、アインツさんのこと気になっているんだろうなぁ……この感じ、なんでだろうか、なんか……見ているほうが恥ずかしくなってきてしまう。

（ちょっと興奮するっていうか、わくわくするっていうか……他人の恋愛模様にきゃっきゃっしてたクラスメイト、こんな気持ちだったんだ……）

部活も課外活動もできず、ただただ家事と介護に追われていた貧乏中学生にとっては遠い世界の出来事のようだった恋バナ的なやつ。クラスメイトが噂話に興じていたのを覚えている。

うわあ。あれって、こういう気分だったんだな。

このわくわく、誰かと話したい。

いいのだろうか、こんな下世話な大聖女。

そわそわしている私をよそに、アインツさんは仕事の話を進める。

「拝塵教団《はいじんきょうだん》の動向について、少し情報共有をしたくてな」

「そうか、うむ」

というか、アインツさんちょっと鈍感すぎないだろうか。

こんなにわかりやすくドギマギしているノアルさんに対して、何か思うところはないわけ？

「……シュヴァルツ殿、具合でも悪いのか？」

「え？　いや、別に」

「なんだか、顔が火照っているような」

「そ、そんなことはない！　貴殿の勘違いだ、エーベルバッハ殿！」

「そうか。すまない、冬の湖面のように冷静沈着で、喜怒哀楽を決して表に出さぬ隠密隊の俊英《しゅんえい》と名高いあなたに対して礼を失していた」

冬の湖面のように冷静沈着で？

喜怒哀楽を決して表に出さぬぅ？

それ、誰のこと……と、私は思わず笑いそうになってしまった。

隠密隊の俊英というのは、たしかにそうだ。ノアルさんの仕事ぶりは完璧だし、私がうっかり強化《エンチャント》してしまったとはいえ、泥蛙竜《トード・ドラゴン》を縦に真っ二つにする戦闘力も持っている。

けれど、思ったより感情はストレートに表に出てしまうタイプな気が……。

（あっ）

今は私が持っている隠匿水晶《ハーミット・ストーン》。

魔力や気配を消せるからと言っていたけれど、もしかして……。

（ノアルさん、この石でモジモジしてるのを悟られないようにしてたんだ！）

けっこうな貴重品と言っていた気がするけれど、なんというマジックアイテムの無駄遣いかしら。

いや、本人にとっては大問題なのかもしれない。

「いや、その……失礼とかじゃない……」

ほら、しどろもどろだし。

ちょっと怪訝そうなアインツさんは、「ああ、そうだ」と咳払いをする。

「ノアル殿に相談があるのだが」

「うん？」

「俺と夫婦になってほしい」

「ぴぇっ⁉」

ノアルさんが聞いたことのない声を出して、石化してしまった。

夫婦って……何事!?

私のことが見えてないにしたって、白昼堂々大胆すぎる！

フリーズしているノアルさんをよそに、アインツさんは淡々と話を進める。

「ああ、若い家族を狙った拝塵教団《はいじんきょうだん》の活動へ潜入捜査を計画している」

「潜入捜査」

ちょっとガッカリしているのを隠せないノアルさんのオウム返しに、輝く騎士のアインツさんは大きく頷いた。

「そう。潜入捜査だ。子どものいる世帯を狙って、拝塵教団《はいじんきょうだん》が怪しげな集会を開いているらしい……と、隠密隊からの報告があった。シュヴァルツ殿は聞いていないのか？」

「あ、いや、えっと！　その件は私が掴んだ。裏取りが完了したのだな」

「そうか。さすがだ」

「はは、いや……それほどでも」

カルト集団が子連れを狙うのは、異世界でもテッパンらしい。

職場の取引先から誘われてどうしても断れずに連れていかれたアヤシイ集会、老人と子ども連れでいっぱいだったもんなぁ。

世知辛いものだ、と三歳児の私は思うのだった。

「ところで、シュヴァルツ殿」

「なんだ」

「名で呼んでもいいかな。その……仕事の話ではあるが、他の人もいないし。我々は知らない仲ではないし」

　ほう。仕事以外でも接点があるのか、この二人は。

　ノアルさんが頷く。

「かまわない」

「では、僕のこともアインツと」

「……エーベルバッハ家の御曹司に馴れ馴れしくするのは」

「家のことは関係ない」

「そうか。わかった……じゃあ、アインツ殿」

「なんですか、ノアル」

「うっ！」

　ノアルさん、撃沈。

　うーん、甘酸っぱい雰囲気！

「それで、潜入捜査というのは？」

　ノアルさんが質問をする。

「ああ、集会で何が行われているのかは判明していないらしいが。完全紹介制で、外部からの接触が難しいそうだ。というのも――」

　アインツさんが、ぴっと人差し指を立てる。

「しかも。やつらからの接触があるのは、小さな子どもを連れた夫婦」

「ほ、ほう。たしかに、隠密隊といえども赤子やら幼児やらを用立てるのは難しいな……子どもは行動が読めないのも、作戦に差し障る」

「それもまだ言葉が覚束ないくらいの幼児がいる必要があるらしい」

「うーむ、孤児をそのへんで拾ってくるにしても、任務の邪魔になるといけないからな……見た目は赤子でも、分別がついているとなると……」

「魔術による偽装だが……もちろん、見破られる危険が伴う」

ノアルさんが、じっと私を見ている気がする。

あれ、これってもしかして。

「そこでだが……先日の……アマンダ殿下が養育していた……陛下の孫娘殿……」

「サクラ殿か？」

名前を呼ばれて、ひぃっと声が出かける隠匿水晶《ハーミット・ストーン》のおかげで、アインツさんには私は見えていないはずなので慌てて手で口を覆う。

「ああ。サクラ殿はかなり落ち着いているし、分別があるだろう。この数日で一気に環境が変わったにも関わらず、あまり動じている様子もないし」

「そ、そうだな」

そこで、とアインツさんがノアルさんをじっと見つめる。

ノアルさんが半歩後ずさる。

アインツさんの輝く顔面の圧にやられたのだろう。明るいところで見ると、本当にイケメンだ。

「それで……それで不本意であろうが、俺と貴殿で夫婦を偽装して集会に潜り込もうと……サクラ殿の親として！」

「ふ、ふ、夫婦！　親！」

ぷしゅう、とノアルさんが湯気を噴く。

なんだかいたたまれなくなって、私は首にかかっている隠匿水晶《ハーミット・ストーン》をはずして、そっとノアルさんに握らせた。これで感情の昂ぶりも隠匿出来るはず。

これでたぶん、ノアルさんは冷静沈着で表情の読めない謎の美女……の面目を保てるようになるはずだ。

「ん!?　おや……サクラ殿？　いらしたのですか。気がつかなかった……ええっ!?　一応、人の気配には聡《さと》いつもりなのですが」

戸惑うアインツさん。

隠匿水晶《ハーミット・ストーン》のおかげなんだ、ごめんね。

「あいんつしゃんっ」

ノアルさんに抱っこされたまま、アインツさんを見上げる。

目が合う。おっと、どうしよう。

にっこり、すまいる。

……とりあえず、愛想を振りまいておいた。

三歳児の上目遣いとスマイルにアインツさんが、にやけるのを抑えるように口元をモニモニと動かした。このイケメン騎士、どうやら子ども好きみたいだ。

「さっきの話、聞いておられましたか？」

こくん、と頷く。偽装工作の話だったら、ばっちり聞いてしまっている。

「やはり、大聖女というのは普通の子どもとは違うようですね。異世界から呼ばれた者には、成熟した魂が宿るといわれていますから」

「……陛下を説得できるのか？　サクラ殿を溺愛している。任務に同行させる許可が出るのか？」

「ああ、その件については安心してくれ。サクラ殿」

アインツさんがにっこりと微笑んだ。

「皇帝陛下とアマンダ王女殿下は、明日から地方視察に行くそうです」

「地方視察？」

「ええ、新兵の訓練視察……という名目の、アマンダ殿とダン殿のためのお膳立てです」

「父親同伴で？」

「まあ、そういうことになるか」

「信じられんな……」

ノアルさんが肩をすくめる。

「そう言わないでください。あのお二人を見ていると、羨ましいような気がします。あれが相思相愛というものなのですね」

ふふ、と笑うアインツさん。

ちょっとだけそれに見とれていたノアルさんは、小さく咳払いをして仕事の話に戻る。

「サクラ殿は、この城に残ることになっているから――」

「その日が狙い目ということだな」

ノアルさんとアインツさんがお互いに頷く。

「サクラ殿、あなたのことは私が帝国騎士団の一員として責任をもって守ります」

にっこりと微笑むアインツさんの歯が煌めく。

ま、まぶしい。

ノアルさんが隠匿水晶《ハーミット・ストーン》を持っていてよかった。たぶん、顔が真っ赤になってしまっているだろうから。

（……この二人、どういう関係なんだろう）

やっぱりただの同僚にしては、なんとなく気安い感じがする。

それにアインツさんが言っていた「知らない仲じゃない」的な発言って？

「ということで。潜入捜査は七日後に行われる予定だ」

「了解した」

そんなこんなで、なんと帝都に繰り出すことが決定したのでした。

楽しみなような、不安なような。

（一応、色々と勉強しておいたほうがいいかもしれないな）

前世で観ていたゲーム解説動画での知識はあるけれど、それだけでは足りない。

基本的なこと以外にもこの世界のことを知らないと。

（そのためには……）

窓から見えるのは、この帝都にしかない建物だ。

そう、図書館。

第14話　図書館へ行こう

次の朝。

私はさっそく図書館に行くことになった。

調べ事といえば、図書館だよね。

……ノアルさんのお小言と一緒に、だけど。

「王族扱いに準ずるとはいえ、軟禁中。あなたが入れるのは一般書架までだぞ」

「あいっ」

「あと……もう一度確認するが、本が読めるんだな？」

「あいっ」

付き添ってくれたノアルさんにこくんと頷く。

赤ん坊のときから、両親の言葉がわかった。

村には書物は多くなかったけれど、お母さまが移動貸本屋さんから借りてきた本をぺらぺらとめくってみたところ、問題なく読むことができた。

（まさか、お母さまが貸本屋さんからボーイズラブ小説を借りてきてるとは思わなかったけどね！）

お母さまがボーイズのラブに興味津々《きょうみしんしん》なことには驚いたし、異世界にもボーイズでラブな書物があるとは思わなかった。しかもけっこうエッチなやつ。

思わず夢中で読んでしまったのである。前世では趣味の読書をする時間もあまりなかったし。

（……あれ、意外と面白かったな）

その一冊しか自分で読むことはできなかったけれど、よく覚えている。三歳児が読むようなものではないけど。

ノアルさんは今日は隠密隊としての仕事がかなり立て込んでいるようで、図書館の前でお別れすることになった。

もちろん、ひとりで図書館の利用はできない。

私のお世話には私つきのメイド……メアリーさんが付き添ってくれることになった。


メアリーは私がお城で暮らすことになってから、お世話をしてくれている。

仕事中はほとんど私語を発さない、完璧なメイドさんという感じだ。

「おねがいしましゅ、メアリーしゃん」

「私のことはメアリーと。敬称は必要ございませんよ、サクラ様」

ぴしゃ、と有無を言わせぬ圧で言われた。

職業意識が高いのだろう。三歳児のちびっこ相手にも、仕える相手への恭《うやうや》しい態度を崩さない。

でも、私は知っているのだ。

メアリーはたまに、うとうとお昼寝をしている私のほっぺをつついて微笑んでいる。その「にまぁっ」と笑う表情が、けっこう可愛いのだ。

「では、メアリー。一般閉館は日没までだが、夕食の時間には城に戻るように」

「かしこまりました、シュヴァルツ様」

メアリーに抱っこされて、図書館へ。

帝都の王城内にある白亜の図書館は、豪華な装飾が施された本で満たされて、大変に麗しかった。

とってもファンタジー。

メアリーは無口だけれど仕事の速い人で、他に誰もいないときでも誰かの噂話や悪口を口にするのは聞いたことがない。

他のメイドが仕事の合間に噂話に興じているのは仕方のないことだとは思う。実際、お城勤めなんていう閉じた環境では、それくらいしか楽しいことはないだろうから。

けれど、やっぱりその中でも黙々と自分の仕事に徹しているメアリーのことを、私は好きだった。

異世界の人々の髪の毛や瞳はかなりカラフルな色をしているけれど、メアリーは元の世界にいてもわからないくらいに……こう、地味な見た目をしている。

暗い色の髪の毛を三つ編みにしていて、頬にはそばかすが浮いている。

おそらくは二十代くらいで、メイドたちの中では若くもなければ年かさでもないといった感じだ。

「サクラ様のお読みになりたい本を一緒に読むようにと、シュヴァルツ様から仰せつかっております」

「よーしくおねがいちましゅ」

「……どの棚をご覧になりますか？」

メアリーが案内板の前に連れて行ってくれる。

帝国、生活、魔法・魔術、物語、歴史、地学、魔物、動植物、教育……なるほど、ざっくりと書物が分類されているようだ。図書館があり、本が分類されている。書物については、この世界はかなり進んでいるみたいだ。

「ここ、と……ここ！」

館内案内の『教育』の棚、それから『生活』の棚を指差した。

メアリーは黙って頷く。

一般書架とはいえ、それなりに広い。今日だけですべてを見て回ることはできないだろう。この世界には魔法もあるし、魔物もいる……ということについては、ゲーム解説動画でなんとなく知っている。

でも、今知りたいのは、この世界の一般的な生活だ。

「こちらです。何か読みたい本がありますか？」

メアリーに聞かれて、私は首を横に振る。

背表紙を眺めているだけでも、わかる情報はある。

本を読む時間なんてなかったけれど、学校の休み時間に図書室に行って背表紙を眺めるのは好きだった。

帝国内には身分制度があること。（※これは知ってた）
納税額によって市民の中でもランク付けがあること。（※文字通りの「上級国民」がいるらしい）
義務教育はなさそうで、学校は優秀な庶民と貴族だけが通うらしいこと。（※これは、魔塵症《まじんしょう》の流行で機能していないみたい）
都市部の裕福な家庭では新しい技術によって、井戸なしで水を得たり火をつけたりする技術が進んでいるらしいこと。（※これは気になるトピック！）

とりあえず、背表紙を眺めてわかったのはこんなところ。

他にも目に入った節約レシピや、頑丈な家の作り方などの本が面白そうだったけれど、いま熟読するべき本は、歴史とか帝国とかのカテゴリーかなぁ。

「ごほんは、かりられりゅ？」

「貸出は……限られた人しかできません。高額納税をしている市民とか」

なるほど。ランクによって受けられるサービスが違うのか。

上級国民じゃないと、図書館で本も借りられないらしい。

もちろん、本自体がかなりの高級品みたいだし、仕方ないとは思うけれど。

「一応、王族や貴族の方も貸出ができるのでしょうが、そのような身分の方は普通ご自分で蔵書を所有されます」

それはそうだろう。

前世でも年々本が値上がりしていた記憶はあるが、この世界では比較にならないくらいの貴重品だ。

美しい装丁の本で満たされた本棚は、一種のステータスなのだ。

「えっと、わたちは……？」

「現状は、帝都市民の資格すらない状態ですので、サクラ様名義での帯出は厳しいかと」

「そっかぁ」

ガッカリだ。お城に帰る時間も考えると、今日は背表紙を眺めるだけになりそうだ。

「ただし……今日はノアル様が手配して、サクラ様の貸出許可を取り付けてくださっているそうです」

「ほんとに⁉」

ありがとう、ノアルさん！

とはいえ、借りられるのは一冊だけらしい。ここは慎重に選びたい。

メアリーさんに抱っこしてもらって、あちこちを見て回る。

その途中。

メアリーの瞳がきょろきょろと書架の中をさまよっている。

（おや。メアリーさんも本が好きなのかな……？）

抱っこされていると、相手の表情や動きがよく見えるのだ。

メアリーさんが目で追っているのは、『物語』の棚だとわかった。

「……ここ行きたい」

私が指差したのは、『物語』の棚だ。

メアリーさんのためというのもあるけれど、私の個人的な興味もある。

お母さまが赤ちゃんだった私に、御伽噺《おとぎばなし》を話してくれたことがある。

だいたいが昔の勇者が悪い人やモンスターをやっつける話だった。

桃太郎とかジャックと豆の木みたいなかんじ。

御伽噺の他にはどんな物語があるのか、っていうのはかなり気になる。

「おぁっ⁉」

物語の棚の隅に、発見してしまったのだ。

『僕らの美しい薔薇園』というタイトル。見覚えがある。

（お、お母さまがドハマリしてたボーイズラブだ……！）

図書館にボーイズラブ小説もあるとは。

『僕らの美しい薔薇園』は、けっこう息の長いシリーズものの一冊だったらしい。

タイトルは『僕らの●●●薔薇園』で統一されている。

物語の棚はあまり大きくはなかった。

生活や歴史コーナーの半分の、そのまた半分くらい。

その中になぜか紛れ込むボーイズラブ……謎である。『薔薇園』シリーズは五冊ちょっと収められている。装丁は施されておらずとても地味だけれど、人気の蔵書らしい。

（借りたいとは言い出せないよなぁあ……！）

貸本屋さんというのは、一冊の本をいくつにも分割して貸し出してくれる。お母さまの手前、読めたのは物語の一部だけだ。

かなり、続きが気になるけれど……今日のところは我慢だ、我慢。

色々と見繕っていると、あっという間に時間が流れてしまった。

「サクラ様。そろそろお帰りの時間です」

「あいっ」

私が選んだのは物語の棚にあった、伝説や逸話を集めた読み物。

目次にはこう書いてあった。

『異界からの客人《まれびと》伝説』。

伝説……いわば御伽噺になっているとはいえ、私のようにこの世界に転生してきた人たちのことを知れるかも。

メアリーに貸出をお願いする。

真面目で地味な信頼できるメイドは、なぜだか少しほっとしたような顔をした。

第15話　過労死以上は絶対嫌

「うぅ……」

ぱたん、と読んでいた本を閉じる。


『……転生してきた聖女は命と引き換えに悪を討ちました。』

『……異界からやってきた勇者は今もどこかで戦い続けているのです。』

『……その旅に生涯を捧《ささ》げたそうな。』


伝承に残っている、異世界からやってきた英傑たちの物語。

すべてに共通しているのは「この世界がピンチのときにやってきた」こと。

そして、大部分に共通しているのは「命と引き換えに世界を救った」やら「今もなお世界のために戦い続けているのです」やらの大自己犠牲エンドだ。

（い。いやだ……絶対に嫌だ……！）

身震いした。特に後者。最悪だ。

過労死どころではなく、死してなお過労！

ありえない。巨悪すぎる。

（というか、英雄がどうにかしましたって言っても根本的な解決になってない……のよね）

魔王を滅ぼした聖女。

どこからともなく湧いてくる魔物と今もこの世界のどこかでモグラ叩きをしているらしい勇者。

枯渇した自然魔力を補うために、自分の魔力を配って旅した女賢者。

どれも、目の前の問題に対処するのに精一杯だった感じがする。

この世界の生活が便利になっている様子がないというか。

私と同じような境遇でこの世界にやってきたのなら、例えばハンバーガーが食べたいとか、水道やコンロがあったら便利そうとか、そう思うのが普通だと思う。特に水洗便所とかね。

（もしかして、そこまで手が回らなかった……？）

い、嫌だ。

ＱＯＬは大事。私は絶対に、のんびり暮らしてやりたいのだ……というか。

（疲れてたり、いっぱいいっぱいだったりすると……ろくなこと考えないもん……）

年齢不詳のノアルさんはともかく、魔導師のリリィさんなんかはどう見ても小学校高学年とか中学生くらいだろう。

この世界では若いうちから帝国の公務員（といっていいかはわからないけれど）として働くのが当たり前なのだ。……かつての、私のように。

それって、けっこう大変じゃないか？

いや、現代日本の価値観を押しつけるのも失礼だったりする？

（でも……もし私がこの世界を救うために召喚された『大聖女』なら……世界のために働いて死んで、死んでもまだ働いているとかまっぴら御免だよ）

私だけの問題じゃない。

誰もがのんびり暮らせるように、どうにかならないものか。

（……まあ、まずは目の前の問題かぁ）

危険なモンスターたちの存在と、魔塵症《まじんしょう》という死に至る病。

数日後、私はその原因である魔塵《まじん》を崇めているというカルト・拝塵教団《はいじんきょうだん》のセミナーに潜入するのだ。

（それまでは、図書館で色々と本を読んでみよう……）

ゆっくり本を読んで過ごす。なんて贅沢なんだろう。

読書って、とっても時間と身体を贅沢に使うのだ。目と集中力をフル稼働する。いつも何かに追い立てられ、疲れ果てている生活。

何かを自発的にやる気力なんて、微塵もない。死んだマグロみたいな顔で、スマホゲームの実況や解説動画を聞き流すのが精一杯。それが唯一の癒やしだった。

（嫌いだったなぁ、夏休みの読書感想文……）

本を読むのも、感想を書くのも、とにかく時間がかかるのだ。

家事と介護、それから宿題。とにかく時間がないと思っていた。

イライラして、余計に文字の上を目が滑っていった。

——それが今は、すらすら読めるのだから不思議だ。

（三歳児が読むには、なんか重厚な感じだけどね！）

部屋に出入りするメイドたちのうちの何人かは、私がしているのを「読書ごっこ」だと思ってクスクスと笑っている。でも、メアリーは何も言ってこなかった。彼女のそういうところが好きだ。

ノアルさんも同じように言葉が少ない人だけれど、ノアルさんが「空気」だとしたらメアリーは「目」だ。口を挟まず、手も出さず。私が本を読んでいる様子を、興味深そうにじっと観察しているのだ。温かいその視線は、ちっとも不快じゃない。不思議だ。

◆

「……本はお好きですか？」

「え？」

図書館に向かう道で、メアリーが尋ねてきた。

びっくりした。メアリーからコミュニケーションをとってくることはほとんどないから。

「ご無礼をお許しください、サクラ様があまりに楽しそうに本を読まれるので」

たしかに、この数日は本に没頭していた。

あまり本を読んだ経験がないのと、異世界の文字がなぜか読めることが面白くて、楽しかったのだ。

「うん」

私は頷く。本が好き。

前世ではそんなこと思ったこともなかったけれど、嫌いじゃないかも。

「そうですか」

「めありーは?」

これは偏見だけれど、地味な見た目のメイドさんであるメアリーは絶対に本好きだと思う。きっと私が知らないようなこの世界の名著をたくさん知っていて、それを教えてくれようとしているのかも。

「あー。私は……」

いわゆる、(※拝塵教団《はいじんきょうだん》がやってるセミナーとは別の)布教活動というやつだ。

メアリーが口ごもったところで、図書館が見えてくる。

「あえ?」

でも、昨日とは様子が違うようだ。

動きやすそうな司書の制服とは別の、仰々しいローブを着た人たちが何人も入り口を警備している。

その中に、やたらと小さい人影がいた。

「あ、お前」

麦金色の髪を二つ結いにして、片目を眼帯で隠した、不機嫌そうな女の子。

皇帝陛下が連れていた、すご腕だという魔導師のリリィさんだ。

「……帝都大聖域のがきんちょじゃん」

「あ、あい」

がきんちょって! リリィさんも、がきんちょの部類だとは思うけど!?

第16話　リリィ・フラムの目はごまかせない

図書館前は、明らかに様子がおかしかった。

「リリィ・フラム様、何か問題があったのでしょうか……」

私を抱っこしたメアリーが、怪訝そうな顔で質問をする。

その間も、リリィさんは私をじっと見つめていて……こ、こわい。

よく見なくても美少女で、帝都の中でも指折りの魔導師だというのだから、強キャラすぎる。

（あ……明るいところで顔見たら、やっぱりそうだ）

リリィ・フラム。

皇帝陛下が信頼している、三人の若手のうちのひとりだ。

ノアルさんの部屋に身を寄せていた私に、着替えの服を貸してくれた人でもある。

そして、彼女。たしか、『ファンタジック・フェアリー・ゲート』の解説動画で見たはずだ。

過労死聖女「サクラ」に負けず劣らずの性能をした人気キャラで、限定ガチャが実装されたときにはユーザーを破産寸前の阿鼻叫喚《あびきょうかん》に追いやっていた。

読書や散歩などの贅沢な娯楽をする時間も体力も気力もない日本にあまねく存在する社畜たちを、指先ひとつで回せるガチャのキラキラのレア演出で脳汁を溢れさせて、狂喜乱舞させ、散財させていたリリィ・フラムさんである。

たしか、『偉大なる天才魔導少女』みたいなキャッチコピーだったはず。元は人気のＮＰＣだったけれど、期間限定イベントで少女時代の姿がプレイアブルキャラとして実装されたとか。

（よく観てた解説動画の中の人が、リリィ推しだったんだよね……動画もすごい力の入りようだった）

今だって、大人たちに囲まれて書類に目を通したり議論したり、かなり活躍していた。

うーん……こんなティーンエイジャーの頃から、バリバリ仕事をしているとは。異世界、恐るべし。

リリィさんは、大きな溜息をついた。

「問題も何も、図書館で魔塵《まじん》を撒いたアホがいるんだ」

「ええっ！」

魔塵《まじん》って、病気を引き起こしている原因物質じゃないか。

こんな身近で、バイオテロ！

「お察しのとおり、拝塵教団《はいじんきょうだん》のしわざだ。調子に乗って、朝っぱらから余計なことをしてくれるよ。除染作業のためにこのあたしまで駆り出されるなんてさ」

「では、図書館は……」

「当然、しばらくは使えない。大量の魔塵《まじん》が図書館の本にどう作用するかもわからないからね」

リリィさんの言うことには、魔塵《まじん》は人体を侵食するだけではなく、様々な物質に干渉して異常な現象を引き起こすらしい。

「それは……残念でございましたね、サクラ様」

メアリーがちょっと萎れた声で私に話しかける。

「ちょっと、しけた顔しないでくれる？」

「失礼いたしました、魔導協会の皆様を責めているわけではございません」

「ふん、当然だ。あたしだって……」

ぶかぶかの白いローブを着たリリィさんは、皇帝陛下の護衛でノアルさんの部屋にやってきたときと同じように不機嫌そうな顔をしている。

思春期特有の不機嫌。

通っていた中学のクラスにも、こういう子いたよな。

ちなみに、私は……「何を考えてるのかわからない」「ノリが悪い」と、先生や仲のよくないクラスメイトには気味悪がられていた。いや、普通に毎日疲れていてグッタリしていただけなのだけれど。

そう思うと、不機嫌を隠さずにいられるのは健康なことなのかもしれない。

（それに、大人にだって不機嫌が丸出しの人とかいるもんね。ははは……）

いかん、つい前世の職場での人間関係がフラッシュバックしてしまった。

とりあえず、難しい顔をしている大人たちの言うことには、「除染」が必要とかなんとか。大変そうだ。

「……そういえば、貸出本は返却できるのでしょうか」

「あー、それならあっちで司書たちが対応してる」

「なるほど」

「貸出って……あんたが？」

あんた、とメアリーさんを指差すリリィさん。

「いえ、こちらの本は……」

そこまで口にして、ぴたりと言葉が止まる。

三歳児が読むには明らかに難しすぎる本だ。

「ふぅん、なるほどね」

リリィさんは、その間に何かを察したらしい。

皇帝陛下《おじいちゃま》が特別に目をかけているリリィさんである。この間も、皇帝陛下がこっそり私を訪ねてきたときに同伴していたしね。

「がきんちょ、ちょっと顔貸せ」

「あぇっ」

ずいっとメアリーに抱っこされた私に、顔を寄せてくる。

そして、耳元で囁いた。

「……あんたが自分の魔力ごまかしてんの、バレてないとでも思ったか？」

ひ、ひ、ひえぇぇ～！　ずっと観察されてるような気がしていたけれど。

（ば、バレてたんだ……）

背筋がひやりとした。

◆

図書館近くの木陰。小さなベンチがあって、吹く風が心地いい。

けれど、リリィさんと二人きり。

メアリーさんもリリィさんに言われて、席を外している。私の面倒を見る「仕事」を放棄することに、メアリーはかなり難色を示していたけれど、上級職であるリリィさんに言われては逆らえないようだった。

「よし、誰も聞いてないな」

リリィさんが木の幹に背中をあずけた。

（あわ……こんな……体育館裏にツラ貸せ的なシチュエーション……！）

お城の敷地内にあるとはいえ、一定の資格がある市民も出入りできるようになっているので図書館周辺は賑《にぎ》わっている……のだけれど、今日は急な休館に戸惑っている声が聞こえてくる。

そりゃそうだろうな、と思う。普段の図書館、見るからに「実は家庭に居場所がありません」という風貌の人たちがたくさんいたし……。

「単刀直入に聞くけどさ、あんた。母親の不妊の呪いを『解呪』したよね？」

「あ、えっと」

「魔力の数値もおかしかった。あたしの見立ての十分の一以下で計測されてる……あんた、すでに相当の魔力を持ってるはずだよ」

「隠匿系の術式か、呪符か……そういうものを使ったんだろ？」

「ぎくぅっ！」

私の魔力を隠してくれていた隠匿水晶《ハーミット・ストーン》の首飾りは、ノアルさんに返してしまっている。

「……言っておくが、初見で見破ってるから。あたしの目はごまかせない」

リリィさんは、片目を隠していた眼帯をとって、長い前髪をかきあげる。

隠されていない左目は髪と同じような赤色だったけれど、右目は金色に輝いていた。

なんだっけ、オッドアイってやつだ。これ。

「魔眼の一種で、『見通す者』っていう異能。あたしには魔力の流れが見える。こいつのおかげで、この年で魔導協会で働けてる」

「そ、そうでちゅか……」

「あとさ、あんた。赤ん坊の姿だけど、中身はもうちょっと年上でしょ？」

ごまかせない空気だ。

私は、こくんと頷いてみせる。

「黙っててあげる」

「えっ？」

黙っててあげる、とリリィさんは言った。

「そのかわり、今回の掃除を手伝いなさい」

「そうじ……としょかんの？」

「ええ、正直手に余ってんの。とっとと図書館使えるようにしたいし」

やっぱり魔導師だから、図書館で仕事とかするのだろうか。

この世界の人の暮らしぶりは、まだまだわからない。

どうしよう、とメアリーを探して視線をさまよわせる。

おしゃべり好きで有名な司書のおじさんに捕まっているのが見えた。

おわった……あれはしばらく帰ってこないだろうなぁ。

(思い出すなー。おじいちゃんが手入れしていた祠……あれ掃除していると、近所の暇な老人がたまに声をかけてきたっけ……)

「よし、決まり」

迷いのない歩調でリリィさんが裏口から図書館の中へと入っていく。

◆

「防塵面だ。これ、つけておけ」

「んぷっ」

図書館の中に入る前に、まずは安全対策だ。

「……子ども用とかないのかよ」

布と皮でできた防塵マスクは、さすがに三歳児にはぶかぶかだった。

「とりあえず、これで口と鼻を覆って。周囲を安全な魔力で満たしておく」

ほらよ、とリリィさんが身につけていたスカーフをほどいて、貸してくれた。

図書館の中は、いつもよりも広く見える。

普段は比較的長身のノアルさんや、背筋がしゃんと伸びたメアリーさんに抱っこされているからだろうか。

（どの本棚も、大きいなぁ……！）

けれど。図書館に、特に変わったところは見当たらない。

魔塵《まじん》が撒き散らされたというから、あちこちが怪しい粉とか埃にまみれているのかと思ったのだけれど。なんだか、拍子抜けだな。

と、思っていたら。

「……あ」

背の高い書架の間を、何かが動いた。

来館者だろうか。それとも、司書の人かリリィさんのように対応にあたっている魔導師か。

……そのどれでもなかった。

「やはりか……クソッ」

リリィさんが小さく舌打ちをした。

蠢《うごめ》いている何かは、よく見るとあちこちの書架にいる。

「でっかい、こうもり⁉」

そう。人間の赤ちゃん、というか、三歳児の私よりでっかいコウモリだ。

他にも、何かの獣の群れが書架の間を走り回っているし、頭上を見上げてみると半透明で真っ白いクジラが身をよじらせていた。

「ひえぇぇ」

ファンタジーな異世界だ。

泥蛙竜《トード・ドラゴン》がノアルさんに一刀両断をされるのをこの目で見たし、小型の竜や角の生えた兎《うさぎ》のような生物はあちこちにいるけれど。

（室内だよ、ここ！　室内っ！　っていうか、扉や窓よりでっかい生物が、どうしてここに⁉）

図書館の中が。

へんないきもので、いっぱいだ！

スカーフの中で口をあんぐりと開けていると、リリィさんが「あ？」と驚いたような声をあげる。

「お前、アレが見えるか？」

「くじらと、こうもりと……」

「うん。あと影を撒き散らして走るおおかみの群れ」

「それ！」

「……それなりの魔導師じゃないと、アレは見えないハズだけどね」

「えっ」

そのとき、へんなコウモリがこちらに向かって飛んできた。

「……燃え尽きろ」

ぎぇっ、という短い悲鳴をあげてコウモリが燃えて灰になる。

すごい！　攻撃魔法だ！　初めて見た！　リリィさんほどの手練れともなれば、たった一言でコウモリを燃やせるみたいだ。

私が目をキラキラさせていると、リリィさんが「ふ、きまった」みたいな顔をした……と、同時に。

近くにある書架から、ボッと火の手があがった。

「ぎゃーーー‼」

「あわーーーー！！」

「みず、みず！　炎よ消えろ‼」

リリィさんが水の魔術を使って、どうにか火が消えた。

まだぶすぶすと煙があがっている。

「ふぅ……」

あぶなかった。いや、アウトかもしれない。

書架を確認すると表紙が少し焦げていた。

火の手が派手だったわりには損傷が少ないともいえるが、図書館は火気厳禁だ。気をつけよう。

リリィさんが焦げてしまった本を調べる。

「……黄金蝙蝠《ゴールデン・バット》の挿絵があるな」

その本は珍しい動物の図鑑で、特に損傷が激しいページには蝙蝠《こうもり》のイラストが描いてあった。

さっきのへんなコウモリに似ている。

「クソッ、やはり予想通り本に魔塵《まじん》が作用してるな」

どうやら、魔塵《まじん》の作用で本からバケモノが顕現《けんげん》しているらしい。

そして、バケモノと本はリンクしていて……。

「へんないきものをコーゲキすると……ほんがこわれちゃう？」

「ああ、燃えたのを見ただろ。切り裂けば本が損傷するかもしれない」

つまり、切り裂いてもいけないし燃やしてもいけない。

そして、リリィ・フラムさんという人の得意な魔法は炎属性だ。

「……浄化か」

面倒だな、とリリィさんが舌打ちをする。

「叩いて対処できないやつらが一番嫌いなんだよ。……そこで、あんたの出番だ」

「あい？」

「あんたの浄化の魔力、他人に付与することはできるか？」

「ふぇ？」

それは……たぶん、できると思う。

大聖女サクラの能力は、強力な「回復」と「バフ」の二つだったはず。

バフ。つまり、他人の能力の底上げだ。

ノアルさんに無意識にかけてしまった強化《エンチャント》もそれにあたる。

自分の魔力を他人に分け与えるってことだから、浄化の力を貸与することも可能……なはず。

「できる、です」

こくん、と頷く。

「もしそれが、『モノ』に浄化の魔力を付与するのだとしたら？」

「ちょっと、わからないけど……」

「やってみて。今は誰も見てないから」

杖《つえ》の先に、魔法陣が細かく描かれた細長い布がくくりつけられている。

なんか、見覚えがあるような——そう、昭和の掃除道具。

「これ……ハタキ……」

「は？　これは魔導師協会のエースたちが数日徹夜して作った簡易魔導具だ！　浄化の魔力さえ流れれば、この杖で叩いたところの魔塵《まじん》を無力化できる」

魔塵《まじん》の除去が可能ということか。

「しゅごい！」

「数日後に大規模な都市部のガサ入れがあるだろ。アインツに頼まれて開発してたんだ……ったく、人使いの荒い騎士様だ」

ふぅ、と溜息をつく表情は、若い女の子とは思えないほどに苦み走っている。やっぱり働くって大変だよね……。

「で、だ。これに魔力を込めてみてくれ」

リリィさんは私を図書館の椅子に座らせて、ずいっとハタキを押しつけてくる。

魔力を込める、か。

わからないけど……あちこち痛がるおじいちゃんの背中をさするようなイメージだろうか、いや、それとも……。

（あれだ！　超絶パワハラ上司との面談に向かう同僚に……親指立てる感じ……‼）

ハタキに向かって親指を立ててみる。

……グッ‼

「は？　なんだそれ」

「ううっ」

リリィさんによる的確で冷静なツッコミに恥ずかしくなる。さすがに、ダメだったか。

そう思った瞬間。

……ふわ、と。

ハタキが白く光り始めた。

リリィさんが近くの本棚をバタバタとはたく。すると、舞い上がった紫色の塵《ちり》が消えていく。それと同時に、空を飛んでいたピラニアっぽい魚が消えた。

背表紙を見ると『危険な水棲魔物《すいせいまもの》』というタイトルが見える。

本とバケモノたちがリンクしているのなら、本を浄化すればバケモノも消える。簡単な理屈だ。

「ふぅん……いいかんじ。やるじゃん、がきんちょ」

魔導具《ハタキ》を片手ににや、と笑ったリリィさんが図書館の隅を指差す。

そこには、リリィさんが持っているのと同じハタキ《魔道具》が十数本ほど積まれていた。

◆

三歳児は、頑張りました。

リリィさんが次々に手渡してくるハタキに向かって、「グッ！」と親指を立て続けるのはなかなかにシュールだったけれど、心を無にしてやりきった。

っていうか、魔力を使うってこんなフワッとした感じでいいのか⁉

十数分後。

「よっしゃー！　やるぞ！　帝国魔導師にかかれば魔塵《まじん》など瞬殺だ、瞬殺！」

リリィの言葉に、魔導師の皆様が「おー！」と拳を突き上げ、私が魔力を込めたハタキ《魔道具》に殺到した。バケモノと戦う武器と化したハタキを手にして図書館中に散っていく。

いざ、剣をとれ！

いや、ハタキだけども！

ローブ姿の魔術師たちが、一斉に作業に取りかかるのは実に勇ましい光景だ。とはいえ、ハタキ《魔道具》を構えた大人がずらりと並んでいる様子は、なかなかに異様だった。

（これは……お、大掃除だ……！）

魔塵《まじん》によって本から顕現したモンスターたちが飛び回るのを追いかけて、ぱたぱたぱたっと祓って――いや、払っていく。

その間に、別働隊が本に降りかかった魔塵《まじん》をハタキでお掃除。シュールである。

実際、図書館内にはモンスターたちの残骸だけでなく、埃も舞い散っている。

巨大な半透明のクジラ。

コウモリのような羽が生えた角兎。

わたぼこり。

甲高い声でケタケタ笑っている妖精の群。

くもの巣。

ちり、ごみ。

手足が生えて走り回る家具。

もうもうと立ち上る埃。

「けほけほっ、普段から掃除しとけよな。公共の施設だろ」

「てが、とどかないのでは……？」

図書館の規模も、ちょっとしたものだ。

天井まで届くような大きな本棚がずらりと並んでいる。

本棚によってはハシゴもかかっていないのは、要するに「そう簡単には手に取らせない」ということだろう。

一般開放されている書架に置いているのに、ケチだな。

いや、「見せている」ことに意味があるのか。

帝国にはこんなにたくさん、すごい蔵書がありますよ——と。

（あー……読みもしない小難しい哲学本を並べてるベンチャー企業の社長とかいたよな……まあ、うちの社長だけど）

繁忙期のまっただ中に、社長あてに業界紙の取材が入ったとかなんとかで「写真撮影用の本棚」に詰め込むための本を買いに行かされたのを思い出し、サクラは深く溜息をついた。

そうこうしているうちに、宮廷仕えの魔導師さんたちが次々にバケモノたちを掃除していく。

「魔塵《まじん》を被った書物と分離してモンスターが顕現するとは。こういう事例は初めてだ。報告書には……そうだな、『幻影種《イマジン》』とでも記しておくかなー。めんどくせ！」

リリィさんが舌打ちをした。

服装こそ頓着していないかんじだが、オッドアイの美少女だ。

乱暴な言動と可愛い見た目とのギャップが、ガチャのぶん回る要因なのだろうか。

（ん、待てよ……たしか、この世界には「長命種」っていうのもいるんだよね。エルフとかドワーフとかの『いかにも』って種族の他にも、なんらかの事情ですっごい長生きになっちゃった人とか……）

よく見ていたゲーム解説動画には、リリィ・フラムはほぼ登場していなかった。配信主がガチャで大爆死したからだ。残業中に見たあの配信は目も当てられなかった……あまりのグロさに、思わず途中で視聴をやめたほどだ。

というわけで、リリィの詳細な設定は知らないわけだが。

（でも、「この歳で宮廷魔導師をやれてる～」って言ってたし、見た目通りの年齢なのかな？）

それにしては、成長したサクラと同じような見た目だったような。

シナリオがふわっとしたキャラゲーだったし、もしかしたらサクラが転生したこの世界とゲームの世界では時系列が入り交じっているのかもしれない。

うーん、と首を捻っていると、「なあ」とリリィに声をかけられた。

「つーかさ、あれだけの魔力を魔導具に注入して、あんたは平気なわけ？」

「は、はい」

隠し事は通じないだろう。

リリィの金色の右目――魔眼「見通す者」と目が合う。

ごまかせないし、もうバレてる。

サクラはこくんと頷いた。

「さっすが。よかった、三交代制で仕上げた魔導具が無駄にならなかった」

（それって、私が今みたいにできなかったら、あのハタキは意味なかったってことですか……？）

くらりと眩暈がした。ブラックすぎる。

「いみないって……かんりたいせい、どうなってるんですか」

やや大人びた口調に聞こえるだろうが、リリィは驚かない。

「馬鹿。意味ないわけないだろーが……と言いたいところだけど、計算上この威力は出なかった」

なら、あれだけ大量生産したのは――サクラが疑問を口にする前に、リリィがニヤリと笑った。

「あの呪いをあっさり解いてケロッとしてるがきんちょだ、これくらいできて当然って思ったから作ったんだよ」

「えええっ」

もしも私が魔力を込められなかったら、徹夜作業が無駄になっていたというわけだ。考えただけでも身震いする。

そんな重大な仕上げを、こんな子どもに任せないでほしい！

「ふふ、予定よりも早く魔塵《まじん》の対応も終わりそうだな」

リリィさんが浮き足立っている。

書棚の一部をやたらと気にしているようだけれど。

「えっと、そしたら、私は帰ってもいい……？」

すでにほとんどの幻影がお掃除されている。

そろそろ、外で待たされているメアリーが心配している頃だろう。

魔力をごまかして「失敗作」ということになっているが、私は一応は皇帝の孫……という扱いになっているはずだ。何かあったら、面倒を見ている彼女の責任は重大だ。

「ああ、いいぜ。潜入作戦の前にこの魔導具の試運転も完了ってことで、あいつらにも報告を――」

そのときだった。

ビビビ、と嫌なしびれを感じた。

この感じ。前に感じたのは、泥蛙竜《トード・ドラゴン》に襲われたとき。

「なんだ……？」

全体を監督していたリリィも、不穏な気配を感じたのだろう。

活気に溢れていた図書館が静まりかえっている。不気味なほどに。

「うわあああ‼　なんだ、このバケモノは！！！」

「き、き、きもちがわるい……ぎゃあああ、たすけてえええ‼」

次の瞬間、書架の奥から悲鳴があがる。

ぬち……みち……という、湿った音が響いたかと思うと、書架の列から離れた閲覧スペースに立ち尽くしていた魔導師たちが何かに引きずり込まれた。

「なんだ、今の⁉　不定形モンスターか、いや、海棲種の顕現……？」

彼らを襲ったのは、ぬめぬめとした蛸《たこ》の足、イカの足。リリィはそう推察した。

いや、ちがう。そうじゃない。

私は、その正体を知っている。

（しょ、しょ、しょ、）

彼らは前世で少々嗜《たしな》んでいた、アレでアレな作品で登場する。

今のは、間違いなく——

（触手だーーーーーっ！！！）

どう見ても、触手だった。

第17話　ちびっこ聖女vs触手

触手だ。

どこからどう見ても触手である。

絶句しているサクラの横で、リリィが低く舌打ちをする。

「嘘だよ、こいつ……！」

ぬるぬると蠢いている触手の先端は、今の見た目が三歳の幼女である私の口からはとてもではないが申し上げられない形状をしている。

完全にアレな触手だ。

モザイクないしは黒海苔《くろのり》修正が必要なビジュアルをしている。

「ぎゃあああ〜〜！」

「だめだ、魔導具がきかない！」

書棚の奥から伸びてきた触手が、逃げ惑う魔導師たちに絡みつき、引きずり込む。

その奥から、名状しがたき悲鳴が響く。

なんというか、ちょっと語尾にハートマークのひとつやふたつついていそうな。

リリィが震え始める。何が起きているのか理解できないといった表情だ。

私は悟った。

図書館に発生した幻影種《イマジン》は、魔塵《まじん》をかぶった本に記述されている内容をもとに発生しているという。

……ということは、だ。

（こ、ここに……触手系のえっちな本がある……⁉）

いや、まさか。

そんなはずは。

だが、そうこうしているうちに魔導師たちがひとり、またひとりと触手に捕らわれている。なぜか触手は、私とリリィのほうにはやってこない。

正直、「自分は襲われないだろう」という謎の確信があった。

どぎついビジュアルと突然の事態に、リリィは軽くパニックを起こしているようだ。さっきまでの余裕はどこへ行ったのか、すでに涙目だ。

まだ十代前半に見えるから、この状況はキツかろう。

「ちょ、ちょっと！　どうするんだ、これ……こんなの聞いてない！」

「り、リリィさん……おちついて……」

「あんたはどうして落ち着いてるんだよぉ⁉」

「えっと、み、みためよりは……おとなだから？」

「そういうレベルじゃないだろーが！　あたしほどじゃないにしても、手練れの魔導師どもなんだ。あいつらが踏みにじられてる……」

私と会話をして少し落ち着きを取り戻したリリィは苛立《いらだ》ったように叫びつつも、魔導を展開する。

掲げた右腕に、風が集う。

ぎゅるるる、と空気が渦を巻き、刃を形作る。

風の魔導だ。

「おら、切り裂け！」

リリィさんの放った風の刃が、触手をちょん切る。

捕らえられていた魔導師が、なんとか触手から逃れた。

地面に落ちた触手の断片が、ビチビチィ！っと元気いっぱいに跳ねて、溶けるように消失する。

（すごい、さっきは火の魔法を使ってたのに！　リリィさん、色々な属性の魔法が使えるんだ）

すごい、と漏らすとリリィは得意げにふふんと鼻を鳴らした。

「当然だ。魔眼だけだと侮られるくらいなら死んでやるさ」

なんとも、負けん気が強い。若い女の子が宮廷魔導師として働く、というのは、これくらいのパワーが必要なのだろうか。

「とはいえ、書物の本体に傷がつくのは避けたい……どうにかあいつを祓うぞ」

やはり魔導士というのは、いかなる本でも守ろうとするのかしら。

感心していた私の目に、信じられない光景が飛び込んできた。

「ま、まって……さ、さいせいしてゆ！」

触手が、復活していた。

「ぐっ！　や、やっぱりか！　『薔薇園』シリーズの触手だろ、こいつっ‼」

「ん、それって……？」

「……『僕らの秘密の薔薇園～月光の城～』だよ」

お母さまが貸本屋から熱心に借りていたボーイズラブ小説だ。

『僕らの薔薇園』シリーズ。

（って！　お母さまの読んでらしたBL本、そんなにハードな内容だったの⁉）

私が読んだ部分は、触手とか出てこなかったですが。

薄々、内容は察していたけれど！　というか、思えばさっきから執拗《しつよう》に狙われているのは男性の魔導師ばかりじゃないか！

つまり、やはりこの悲鳴はあんなことやこんなことを……。私は思わず頭を抱えた。

こんなお子様、すぐにでもこの場から退場したほうがいいだろうに。

リリィさんが放った風の刃に切り落とされた触手が、すさまじい速度で再生していく。

ビキ、ビキ……っと音を立ててその威容を取り戻した触手が、私たちに気がついて、襲ってくる。

「ひゃっ！」

リリィが悲鳴をあげた。

やばい、やられる！

しかし、襲ってきた触手は私たちに襲いかかる直前で見えない何かに「ばしん！」と弾かれる。

「ほえ？」

びちびち、ばしん！

びちびちびち、ばしん！

触手は何度も襲いかかってくるけれど、そのたびに吹っ飛ばされている。

「……あんたの魔力か⁉」

リリィさんが叫んだ。

やっぱり、そうですかね。

「ほえ……いしきしてないでしゅ」

「無意識で撃退してるほうがすげーだろうが。とりあえずは助かったけど……あんなバケモノ、どうやって倒せば……」

思案を巡らせているリリィさん。

本棚の奥から響く、魔術師たちのあられもない声。

触手のぬちぬち……という音。

これはピンチだ。

明確な、大ピンチだ。

どうしよう、私、無事に帰れるのかしら⁉

そんな状況に頭を抱えていると、大混乱の図書館に妙に落ち着き払った足音が聞こえた。

「サクラ様、探しましたよ」

「……ふぁっ」

「あんた、がきんちょのメイドの……」

「はい。恐れながら、サクラ様を迎えに参りました」

冷静沈着で、仕事のできるメイドさん。

メアリーさんだった。

第18話　触手の弱点

「メアリー！　ごめんなしゃい、しんぱいかけて」

私は平謝りをした。

「いえ、いいのです。リリィ様とご一緒なのはわかっておりましたので。むしろ、リリィ様のご指示とはいえ、おそばを離れたのは私の不徳のいたすところです」

なんでこのメイドは、こんなに落ち着いているのか。

触手が暴れる図書館だよ、触手が暴れる図書館。

もう少し狼狽えてもいいだろうに、クールにもほどがあるメアリーさんであった。

「ただし」

メアリーさんが、リリィさんに向き直る。

「…………いくら宮廷魔導師様とはいえ、こんな幼子を危険な場所に連れ込むとは……一体、どういうおつもりで？」

ギロリ。メアリーさんがリリィさんを睨む。

す、すごい迫力だ。

「ご、ごめんなさい」

さすがのリリィさんも小声で謝った。

こうしてみると、年相応の少女という感じだ。

「さて、リリィ・フラム様。恐れながらこの場所は危険なようですので……サクラ様をお引き取りしても？」

「そ、そりゃかまわないが！　こんな状況で、他に言うことはないのかよ⁉」

「特には……サクラ様の子守が私の職務ですので」

しれっと言い放つメアリーに、リリィが大きく溜息をつく。

「な、なんなんだよこいつらぁ……」

リリィが頭を抱えてしゃがみ込む。その間にも、触手の餌食になった魔術師たちが、あんな目やこんな目にあっている。

メアリーがサクラを抱っこする。

「参りましょう、サクラ様」

「あ、あの……みなさん、困ってるのだけど……？」

「あなたの身に何かがあった場合は、わたくしが困ります」

「うっ」

板挟みだ。どうしたものか。

（わ、私はただ、調べ物を……この世界のあれこれについて知りたかっただけなのに……）

「……あのバケモノを退治されたいのですね」

メアリーさんが尋ねる。リリィさんが憤慨して答える。

「そうだよ、どう考えてもそうだろ、この状況は！」

「こう、リリィ様の魔術で焼き払うのはダメなので？」

「できるさ！　でも、そうなったら本が……とにかく、あいつの弱点を突かないといけないんだ——くそぉ、あいつ本編でも結局は倒せなくて」

「…………本編？」

リリィさんは手短に、幻影種《イマジン》と本の関係を伝える。あの触手を焼けば、本も焼けてしまうこと。そして、あの触手が物語本に出てくる存在だということも。

メアリーが少し躊躇《ちゅうちょ》したように、顎に手を当てる。

「あの幻影種《イマジン》がどの書から出てきているのかを、ご存じなのでしょうか。宮廷魔導師殿？」

「そ、れは……そのー、まあ、そうだ。もちろん知っている」

リリィの返答に、メアリーさんは少し目を見開いた。

「なんと」

「だが、その……現役シリーズの最新刊に出てくる敵なんだ。倒し方がわからない」

むぅ……と考え込むメアリーさん。

何か葛藤があるようだ。

抱っこされているサクラにだけ、メアリーさんの呟きが聞こえた。

「……なぜあの本がこの図書館に置かれているのでしょう。もう、恥ずかしい……」

その言葉に「ん？」と思ったのも束の間、メアリーさんが端的な言葉を発した。

「あの触手の弱点は、心臓です。そこを破壊したら動きが止まります」

「え？　今、なんて」

「心臓です。心臓を狙ってください。ただし、心臓は少々特殊な場所に配置されております」

メアリーがきっぱりと言い放つ。

リリィは困惑して、長い前髪で隠した瞳を揺らめかせた。

「なんであんたが知ってるんだよ、えっと」

「メアリーです」

「信じるとして……あいつに心臓なんかあるのか？」

「はい。場所は『根元近くにある割れ目の右から二番目の生えかけの触手』です」

「は？」

「ですから、『根元近くにある割れ目の右から二番目の生えかけの触手』です。覚えてください」

めっちゃくちゃ覚えにくい！

根元近くにある、割れ目の右から、二番目の、生えかけの触手……。

「でぇぇい、もう細かいことはツッコミ疲れた！」

リリィさんが叫んだ。

手にしていたハタキを、ずいっと私に差し出してくる。

「おい、がきんちょ！　こいつにありったけの祓魔《ふつま》の魔力を込めろ」

「えっ、なに、ふつ……？」

「さっきとおなじやつだ！」

「わ、わかった」

さきほどのように魔導具に手をかざして、力を込める。

（んっ、息を止めて、ぐっと力む感じ……コツが掴めてきたかも）

ありったけ。

ありったけって、どれくらい？　力を込める強さなのか、時間なのか。

「ん、むむっ……」

ぐぐぐ、と力を込め続ける。

ハタキの帯びる光が、どんどん強くなる。

「くぅ……ふむうう……！」

「サクラ様、顔が真っ赤です。大丈夫ですか？」

メアリーさんが心配そうに覗き込んでくる。

力みすぎだろうか。

「よし、いいぞ！」

リリィさんの声に、私は力を込めるのをやめる。

すでに魔導具《ハタキ》は強い光を帯びている。

いいね、強そう。昭和の掃除道具っぽい見た目以外は！

「とにかく、そのなんちゃらの二番目の触手を、こいつで払えばいいわけだな？」

「……魔術には疎いですが、おそらくは」

メアリーさんが頷く。

リリィさんがハタキ《魔道具》を掲げて、叫ぶ。

すでに図書館にいた男の魔導師たちは、ほとんど触手の餌食になっている。

「よっしゃ！　了解、ＯＫ。そうすれば、本は無事ってわけだ……また『薔薇園』を読める……っ！」

（なんだよ、本の無事にこだわってたのは自分が読みたかったから⁉）

うぉおおぉ、と雄叫びをあげながら触手に突っ込んでいくリリィさん。

その背中は、とても頼もしかった。

動機はどうあれ、焼かれていい本なんてあるはずない。

――数分後。

「う、ううぅ……気持ち悪ぅ……」

べちょべちょの粘液まみれになったリリィさんが、床に転がっていた。

（そ、即落ちすぎる！）

触手の暴れている区画からは、相変わらず男たちの悲鳴が聞こえ続けている。

どうやらこの触手、リリィさんのような年端もいかない少女は「対象外」のようだ。なんとも倫理的な触手……いや、本当にそうかしら？

「だ、だいじょうぶっ？」

「問題ない……くそ、あたしとしたことが！　つーか、構造がフクザツすぎて、どこが生えかけの根元の右にある二番目の……えーっと……？」

「『根元近くにある割れ目の右から二番目の生えかけの触手』です」

「とにかく、見てもわかんねー……」

はぁ、とメアリーさんが溜息をついて、リリィさんの手からハタキを取り上げた。

「わかりました、この用具をお借りしますね」

ハタキを手に取るメアリーさん。さすがメイドさんだ、掃除道具、いや、魔導具が似合っている。

魔導師であるリリィさんが、メアリーさんを止めようとする。

「お、おい！」

「ご心配なく。掃除はメイドの勤めですから」

メアリーさんは、触手と戦う気満々らしい。

「まって、あたちもいく！」

「ですが、サクラ様」

「だいじょぶ。あたちもいれば、おそわれないからっ」

「……たしかに、アレはサクラ様を積極的に襲ってはきませんね」

ふむ、とメアリーは唸る。

大聖女の件には触れずに、どうにかメアリーさんを説得する。

「わかりました……そのお言葉、信じさせていただきます」

頷いたメアリーさんは左腕に私を抱っこして、右腕にハタキを持った。

そして。メアリーさんは、迷いなく進む。

暴れる触手に向かって、恐れることなく進んでいく。

——結果。

メアリーさんは宮廷魔導師たちが手こずっていた名状しがたきバケモノ、触手をやっつけてしまった。

「あんた、一体、何者だよ！」

リリィさんが叫ぶ。

「ただのメイドです」

「ぜってぇ嘘だろ……報告書作成する身にもなってくれ」

リリィが今日一番の、大きな溜息をついた。

「サクラ様がいらしたおかげです。アレは私どもに危害を加えられそうもありませんでしたので」

「そうか。で、例のブツは？」

「はい？」

「あの怪物を出しやがった本だよ、その、例の‼」

「これですか」

メアリーが差し出した本を、リリィがひったくった。

――『僕らの秘密の薔薇園～月光の城～』

「よかった……シリーズ最新作……！」

ふぅ、と安堵《あんど》の吐息を漏らしたリリィさんが、「一体、どんな邪書なのか」と書名を覗き込もうとする年上の魔導師たちを追い払う。

サクラの母……今やこの国の王女様として返り咲いたアマンダが、熱心に貸本屋から取り寄せて（夫に黙ってこっそり）愛読していたシリーズだ。まさか赤ん坊だったサクラに字が読めていると思わなかったのだろう。

見たことのないタイトルだ。最近刊行されたらしい。

「つーか、あんたもこの本を読んでるんだな。意外だ」

声を抑えて、リリィがメアリーに囁く。

同類を見つけた喜びが表情から溢れているが――たぶん、そうじゃない。

「……いえ、私は」

いつも冷静沈着に見えるメアリーが、なんともいえない表情で、返答に詰まっている。

私は、確信に変わった推測を口にする。

「……さくしゃ」

「え？」

「作者……これ書いたの、メアリーなんじゃない……？」

さくしゃ。

その言葉を咀嚼《そしゃく》したリリィが、あんぐりと口を開けて……叫んだ。

「さくしゃーーーー!?」

第19話　メイドのメアリー～真の姿～

「あ、あんた……じゃなかった、あなた様が、『薔薇園』シリーズの作者……？」

ふるふると震えながら、リリィが抱きしめた本の表紙とメアリーさんを見比べる。

メアリーさんは困ったように人差し指を唇に当てた。

「はい、さようでございます」

本の表紙には、『アメリア・アメジスト著』と書いてある。

なるほど、本名である「メアリー」を文字って「アメリア」、そしてよく見ると深い紫色をしている瞳にちなんで「アメジスト」というわけか。

リリィさんが尊敬の眼差しでメアリーさんを見つめる。

「だ、第一巻からずっと読んでますぅ」

皮肉屋で斜に構えているリリィさんが、瞳を輝かせている。

「ありがとうございます。ずいぶん若い頃から書いていますので、お恥ずかしいですが……」

「そんな！　その、アタ、あ、いや、わわわた、わたし……この図書館でたまたま『僕らの美しい薔薇園』を見つけて……それ以来、ずっとファンで！」

「そうですか……司書の方にも熱心なファンがいらっしゃるようで、ありがたいです」

「入荷リクエストしてます！　でも、忙しくてまだ新刊読めてなくて！」

すっかり敬語になっているリリィさんだった。

メアリーさんはというと、自分の作品のファンと対面しているという状況がジワジワと効いてきたのか、ちょっと赤面してドギマギしている。

「メアリーしゃんは、ごほんをかきながら、めいどのしごともしていゆの？」

「はい、さようでございます。サクラ様」

おかげで生活費に不自由しておりません、とメアリーさん。

（なるほど、世知辛いんだなぁ……）

熱心なファンがいるとはいえ、この世界では本はそれなりの高級品。

庶民は貸本屋を使うのが普通だし、リリィほどの地位にあっても図書館を利用しているのだ。流行作家としての活動が、直接の儲《もう》け話になるわけではないようだ。

『僕らの薔薇園』シリーズは、サクラの見立てだとかなり人気があるようだけれど。

「その、なかなか特殊ですし、やや刺激の多い娯楽小説なのになぜか帝都図書館に収蔵されているのが気になっていて……たまに書棚を見にきていたのですが、まさか宮廷魔導師殿までお読みになっているとは……」

お、メアリーさん照れてるな。

返り咲きしたばかりの王女殿下も大ファンです、と伝えたらどうなるのだろう。

もしかしたら、衝撃でメアリーがお城をやめてしまうかもしれない。

それは困るな。私のことを詮索しようとしない彼女が近くでお世話をしてくれる現状は、とっても居心地がいいし、都合がいいのだ。

「……とにかく、リリィ・フラム様。この件につきましてはご内密に」

「は、はい！」

「ご理解、ありがとうございます」

にっこり、と微笑んだメアリー。

普段のしれっとした表情とのコントラストが眩しい。

かっこいいいな、メアリーさん。


――というわけで。

帝都図書館にて発生した、魔塵《まじん》による幻影発生事件は収束した。

対処にあたった宮廷魔導師リリィ・フラムは報告書を作成するために、執務室へと早々に引っ込んでいった――のだが、その片手にはしっかりと参考資料として、強大な幻影を生み出した書物『僕らの薔薇園』シリーズ最新刊が握られていたのであった。

◆

……ふぅ、ほっとした。

私が魔力を隠していることと、リリィがＢＬ本を愛好していること。

お互いに秘密をひとつずつ。これはパワーバランスとしてはちょうど良いはずだ。

それと、もうひとつ。大きな収穫があった。

例のハタキ《魔道具》だ。数日後に行われる大規模な潜入作戦で使う魔導具の有用性が、間違いないものになったわけだ。

私の魔力を最大限に活かすことが前提とはいえ、これさえあれば誰でも広範囲に撒き散らされた魔塵《まじん》に対抗できる。

なにせ魔導の素養がないメアリーが、あの気持ち悪い触手を一撃で仕留めたのだ。

あとで知ることになるけれど、これは超ド級の大発明だった。

◆

幻影発生事件の翌日。私は城の中をてこてこと歩いていた。

傍らには、メイドのメアリーさん。

拝塵教団《はいじんきょうだん》への潜入作戦は明日に迫っている。

というわけで、明日までに知っておきたいことがあるのだ。

宮廷魔導師リリィ・フラムの執務室の扉をノックする。

ノック、ノック、ノック。

何度叩いても返事はない……ので、そっと扉を押してみた。

ガチャリ。あっけなく、扉は開いた。

「りりぃしゃん、こんにちはー」

「は？　がきんちょ⁉」

本と書類に埋もれていた美少女が、ガバッと振り返った。

大慌てで隠した本が何なのかは、詮索しないでおこう。

「あのね、おしえてほしいことがあるんでしゅ」

可愛いお願いポーズをして、尋ねる。

あの二人と、昔からの知り合いらしいリリィさんにしか訊《き》けないことだ。

「あいつらの、関係ぃ……？」

心底面倒くさそうに、リリィさんが首をかしげた。

そう。私が知りたいのは、ノアルさんとアインツさんの関係だ。

「なんか、えっと……ノアルしゃんのようすがいつもとちがうから」

「あー。あいつはな～、あれでよく隠密部隊なんかやってるよ」

リリィさんが指をぱちんとひとつ鳴らした。

何冊も開いていた分厚い本が、バタバタバタンと閉じていく。

すごい、魔術だ！　こんな簡単に使ってみせるなんて、やっぱり腕利きなんだな。

「で、あんたの見立ては？」

私に問いかける表情は、完全に大人向けのものだ。といっても、お互いまだまだ、がきんちょだけど――麦金色の前髪の奥にある、リリィさんの魔眼《めがん》はごまかせない。

「……たぶん、ノアルさんはアインツさんのことが好き……」

言葉にしてびっくりするけれど、こんな中学生男女みたいな理由でちょっと関係がたどたどしいのかしら。思わず、むーんと腕を組む。腕が短いので、上手に腕組みできないけどね。

「そのとーり。あいつらはさ、昔からの腐れ縁なんだわ」

「腐れ縁？」

「ああ、帝国予備学校のな」

予備学校……学校！　私は図書館で読んだ学校制度に関わる本の内容を思い出す。

最高峰に位置する神聖学院の他にも、帝国にはいくつか学校がある。

例えば、シャンガル帝国立予備学校。

それは騎士団、宮廷魔導師、その他高級文官の養成機関だ。

強いだけでは、帝国に仕えるに値しない。

帝国への忠誠心と、民への奉仕の精神を学び、宮廷直属たるにふさわしい人材を育成するのである。貴族たちが通う神聖学院とは、学院の目的からして異なっている……けれど。

いいな、いいな。青春だ。

しかも、腐れ縁。

それって、つまり、ノアルさんとアインツさんは昔からの知り合い。

かつてのライバルだったりとか、あるいは当時から惹《ひ》かれ合ってたりとか。

というか、それよりも。

「リリィさんも、どーきゅーせー？」

「あー、一応な」

そうか、飛び級というやつ。

「あたしは予備学校には一年しか通ってないけど」

「たしか、よびがっこうは、にねんせい《二年制》だったような」

「そう。魔術の専門課程なんてあたしには意味ねーから、帝国官僚としての基礎部分だけ履修した」

「え、そっち⁉」

「当然だろ。あんなもん、三歳のときには習得してることばっか。つーか、魔眼持ちでも、その程度の特例しか認めない……ってとこが、この国のいいところであり、悪いところだと思うね」

ふん、とリリィさんは鼻を鳴らした。

「……おわり。まだ何かあんの？」

と、つまらなさそうに書類をめくり始めたリリィさんに、おそるおそる訊いてみる。

「ノアルさんとアインツさんのこと……もうちょっと、くわしく」

「……意外と俗っぽいのな、あんた」

「うっ」

痛いところを突かれた。

でも、一緒に行動する二人のことだし……何より、ノアルさんがあまりにもわかりやすすぎるので、どうしても気になってしまうのだ。

恋路を応援することもできるかもしれないしね。

「まあ、中身はそれなりのオトナなんだし、そんなもんなのかね」

ニヤニヤと笑っているリリィさん。

明らかに、私の反応を楽しんでいる！　図書館で触手にビビりまくっていたときとは別人のようだ。なんか、ずるい。

「じゃあ、あたしの知ってることだけな」

リリィさんが椅子の上にふんぞり返る。

「あいつらのおかげでさ、あたしは初めて『敗北』っていうか、『挫折』ってやつを知ったんだよ」

「えっ、もしかして……さんかくかんけい！」

リリィさんは、語り始めた。

◆

それは、ある春の日だったそうだ。

入校してくるノアル・シュヴァルツは、若くして没した先帝の隠し子である――という噂は、すでにシャンガル帝国予備学校に広まっていた。

先帝が東方からやってきた巫女に目をかけていたことは、あまりにも有名だ。

彼女の行く先は、騎士団か、魔導師団か、それとも官僚か。

東方の巫女といえば、祓いを司る魔力（彼らは「霊力」と呼んでいるが）に優れた術者として有名だ。魔塵症《まじんしょう》や魔獣に悩まされているシャンガル帝国において、一目置かれる存在だ。

そこに加えて、先帝の隠し子説。

さらに言ってしまえば、まだ黒衣をまとっていなかったノアルは若く、美しく、瑞々《みずみず》しかった。

ミステリアスなわけあり美人である。もちろん、ノアルに話しかけるような人間はいなかった。

たったひとりを除いては。

『ノアル・シュヴァルツくん、だね。同期生としてよろしく頼む』

それが、アインツ・フォン・エーベルバッハだった。

『エーベルバッハ？　たいそうな名家の坊ちゃんが、私生児になんの用事？』

『生まれなど、ともに帝国に仕える身では重要ではない……それがこの予備学校の理念だろう』

『……そう』

教室の隅で冷めた目で様子を見ていたリリィのところまで届く、ピッカーンと光る白い前歯の輝き。アインツ・フォン・エーベルバッハは、あまりにもまばゆかった。

身分としては私生児であるノアルが、帝国貴族の嫡子《ちゃくし》であるエーベルバッハ家の息子に気安く話しかけられるという事態は、彼女に戸惑いをもたらした。

そして――。

『ノアル、すごいな！』

一年次の最初の試験。

帝国中の優秀な人材が集まった中で行われる、帝国法や地理、教養にかかわる試験である。騎士、魔導師、官僚を志す、すべての課程の生徒たちがしのぎを削る試験で、ノアル・シュヴァルツは次席……つまり、学年二位の成績を収めた。

生粋の帝国民でもなく、私生児で、さらには使用人という身の上のノアルの躍進に、周囲は「不正に違いない」だの「誰と寝たのやら」だのなんだの、あることないことを並べ立てた。

首席であったアインツ・フォン・エーベルバッハだけは、手放しでノアルを賞賛した。

『あ、あなたに負けたくなかっただけ、です』

『そうか……僕は幼少期から家庭教師についていたけれど、君相手では次はうかうかしていられないな。これからは、ライバルとしてよろしく頼むよ』

アインツがノアルを見る眼差しに、特別なものが宿った。

ノアルの無表情な美貌に、赤みが差した。

（……なんなんだよ、あいつら）

リリィは優秀だった。

魔眼持ちの、稀代《きだい》の天才として、特別扱いされることに慣れていた——しかし。

（こいつら、いちゃつくためだけに……あたしの成績、軽く抜いていきやがった……！）

なんだかよくわからない二人のいちゃつきの前に、リリィの誇りは打ち砕かれたのだった。

◆

「……ってことで、あいつらは学生時代からずーーーーーっと寸止め両思いみたいな感じなんだよ」

「はわぁ」

やれやれ、とリリィさんが肩をすくめる。

十代前半に見える彼女だけれど、なかなか耳年増のようだ。

「で、アインツは花形の帝都騎士団に所属。出世ルートに乗ってて、ゆくゆくは宮廷の意思決定に関わる立場になるだろうな。で、片やノアルのほうは地味な仕事の多い帝都隠密隊に所属になったわけだ」

「ふむふむ」

「……ぶっちゃけ、そこの二つの組織は関係が冷え切ってるんだわ」

なるほど！　つまりは、立場が二人を引き裂いた。

素直に感情を表すことができないので、あんなじれったいことに……いや、違うか。

「……んー、たちばだけのもんだいじゃ、ないだろなぁ」

「そうだな、あいつら昔から不器用っつーか……自分が色恋沙汰の渦中にいるって理解してねーんだわ」

見てるこっちが恥ずかしいぜ、と口元をにやりと歪《ゆが》めるリリィさん。

たぶん、当時からあの二人の観察を楽しんでいたのだろう。わかるぞ、その気持ちは。

ノアルさんは、仕事熱心な人だ。

おそらくは、予備学校を卒業して隠密隊に配属されてからはずっと任務に忙殺されていたのだろう。おじいさま……いや、国王からの命令でサクラを預かっておくようにと言われたときの狼狽っぷりから、たやすく想像できる。

「ほんっとに、つまんねーの」

ＢＬ小説愛好家である彼女の、偽らざる本心だろう。

『僕らの薔薇園』シリーズは、恋愛描写も濃厚で乙女心をくすぐるものだったし。

（ふむ、これはチャンスかも！）

両片思いのふたりが、仮初の夫婦として潜入捜査。

これは——お膳立てはバッチリだ。

拝塵教団《はいじんきょうだん》捜査に同行できるのは、私だけ。

「で、聞きたいことはそれだけか？」

こくん、と頷く。

すぐにリリィさんは本を開いて、視線を落として独り言を続けた。

「すごかったんだぜ、あたしが予備学校にいたのは一年間だけだけど、その間にあった四回の試験中にはずーっとあいつらが張り合って成績トップ二を独占……剣技の実技試験での打ち合いなんか、ありゃ実質セッ……こほん！」

子どもの前で言うことじゃないな、とリリィさんが呟いた。

いやいや、そっちだって子どもでしょう！というツッコミはしないでおいた。

私のほうの事情を呑み込んでくれているのだから。

ぽぉん、ぽぉん、と軽やかな時報が鳴り響く。

そろそろ昼食の時間だ。戻らないと。

午後からは魔塵《まじん》汚染騒動で閉鎖していた図書館が使えるようになるそうだから、メアリーに連れていってもらおう。

この国の英雄伝説や神話、それから学校制度についてはざっくり調べ終わった。けれど、まだまだ読みたい本がある。

魔術関連のことなんかは、さっぱりわからないし。

一度に借りられる冊数に限りがあるのが、ちょっときついところだ。

「……図書館行くのか？」

「え、はい。そうです」

「あたしの名義、使っていいぞ」

ぽい、と投げてよこされたのはリリィさんの署名のある覚書だった。

「冊数制限も貸出期間も、一般納税の市民よりもかなりゆるくなる……メイドを付き人につけてまで毎日通い詰めるくらいなら、自分の部屋で読んだほうがいいだろ」

「あ、ありがとうございます！」

正直、かなり助かる。

覚書を大切に手の中にしまう。

「そ、そのかわりといっちゃなんだが……」

何か言いたげなリリィさん。

ははぁ、なるほど。そういうことか。

「メアリーには、わたちのへやで、しっぴつにはげむよう、いいつけますね」

私の部屋付き——専属ということになっているメイドの、もうひとつの顔——熱狂的な人気を誇るBL小説シリーズの作者だ。

その読者《ファン》であるリリィの願いといえば、いち早く続刊が世に出回ることだろう。

「……わかってんじゃねーか」

「ふふ、もうひとり、だいふぁんをしってるので」

きっと、今は旅先でお父さまとの蜜月を過ごしていらっしゃるお母さまも、『薔薇園』シリーズの続刊をとても喜ぶだろうな。

第20話　家族ごっこ

数日後。早朝。

ついに、捜査の日がやってきた。

私にとっては、帝都に社会科見学に行く日という感じだけれど。

こんこん、と折り目正しいノックの音に、私は図書館で借りてきた本を閉じた。

集合場所は私の部屋だ。メアリーさんにも根回しがあったようで、今朝は部屋にはやってきていない。新作の執筆、捗っているといいな。

入ってきたのは、ノアル・シュヴァルツさんだった。

「……やあ、サクラ殿。おはよう！」

ノアルさんは、明らかに寝不足の顔だ。いつもより高いテンション……これは、やけくそ的なことだろうか。

目の下に濃いクマがある。せっかくの美貌が台無し。

……まあ、気持ちはわからなくはないかな。

だって、学生時代から気になり続けている相手であるアインツさんと「家族ごっこ」をするのだから。

しかも配役は、夫婦役。

そりゃ、眠れなくもなるだろう。

初対面のときの冷たく暗い印象と、泥蛙竜《トード・ドラゴン》を両断したド迫力の立ち回りを思い出す。あのときのノアルさんとは、まるで別人のようだ。

ちょっと、微笑ましいかも。

「ねむれなかったんでしゅ？」

「ま、まさか！　任務なんだ、これは。帝都隠密隊の一角としてふさわしく体調も万全、精神も研ぎ澄《す》まし……」

「そ、そうでしゅか」

「本当だ！」

「はいはい」

任務とはいえ、街中での集会に潜入することが主な目的だ。

ノアルさんの服装は、黒ずくめの覆面ではなくてこの世界でのごく一般的な女性の身なり。菫《すみれ》色《いろ》の丸襟シャツに、くすんだピンク色のバルーンスカートがふんわりと揺れる。肩に羽織っている大きなスカーフでオシャレに差をつける。

「そういえば、図書館の件でリリィ・フラム宮廷魔導師殿と関わったとか」

「うん」

「ふむ。彼女ならば、あなたのことは」

「……うん、バレました」

やっぱり、とノアルさんはこめかみを押さえる。

リリィさんの魔眼のことを、ノアルさんはずっと気にしていたらしい。

「でも、とりあえず、ひみつにしてくれるって」

「ならいいだろう。彼女、約束を違《たが》えるような人じゃないし……ひゃあっ‼」

「おはよう……って、驚かせたかな」

「あ、あ、アインツ！」

　素っ頓狂な声で飛び上がるノアルさん。

　背後から声をかけられて驚いているなんて。だ、だいじょうぶかしら、手練れの隠密……いや、アインツさんも同じく手練れの騎士だし、そのせいかもしれないけれど。

　そんなことを考えながら、私はノアルさんの背後で今日も完璧なスマイルを浮かべている爽やかな美形の騎士に、小さく手を振った。あ、振りかえしてくれた。いい人。

　アインツ・フォン・エーベルバッハさん。

　普段の輝かしい騎士団の甲冑姿《かっちゅうすがた》ではなく、町で働く青年の格好だ。汚れが目立たないとかで、軽作業のときに好まれるチェックのシャツに厚手の吊《つ》りズボン。服装自体はスタイリッシュとはほど遠いのに、アインツの気品が上乗せされて、どこからどう見ても「人のいい好青年」だ。

「ご機嫌麗しゅう、サクラ殿。今日はよろしく頼みます」

「こちらこそっ」

「シュヴァルツ殿も、どうぞよろしく」

「う、うむ。よろしく頼む。それにしても、いい変装だな？」

　たしかにアインツさんの服はご丁寧に着古した感……いや、イケメン着用により「こなれ感」を醸し出している。

「よかった。極秘任務なので誰にも相談できなかったから、街の見回り途中に古着屋で見繕ってみたんだ」

「そうなのか。わ、私に言ってくれれば、すぐに一揃《そろ》え手配したのだが！　赤いチェックは少し流行遅れだそうだ、今は青が……」

「ははは。少し前の流行りのほうが都合がいい。何せ、今日の僕は『お父さん』なのだから」

にこっ、と微笑むアインツさん。

ま、ま、眩しい！　アインツさんa．k．a爽やかイケメンの完璧な笑顔に、私とシュヴァルツさんは思わず揃って目を細めた。サングラスが、ほしい！

「サクラ殿も、今日のお召し物はとても似合っていますよ」

「そ、そう？」

「はい。とても、可愛らしい」

「えへ、えへへ」皇帝陛下が持ってきたお母さまの子ども時代の服の中から一番地味なものを選んだのだけれど、褒められると照れくさい。

空色に、きなり色の細いストライプの走るワンピース。

大きな丸襟には、細かなレースが縫い付けられている。

きっと、お母さまの白っぽい金髪に合わせて仕立てられた服だろうけれど、私のピンク色の髪にも馴染んでくれているはず。

お母さまの服はどれも、見るからに「お姫様」で、フリルとリボンがコテコテにあしらわれていたが、このワンピースならばギリギリ、庶民のお出かけ用の晴れ着に見えなくもない……と、思う。

「うーん……仕立てが良すぎる気がしますが、まあ、かなり古いものですしいいでしょう」

ノアルさんのOKも出た。

ひとまず、安心だ。

というのも、ノアルさんが私の変装用にと選んでくれていた服が……かなり……ダサかったのだ……巨大なウサギちゃんらしき生き物のワッペンがついた服に水玉スカートは、さすがの女児でも恥ずかしいです。

「よし、確認だ。これから、都に魔塵《まじん》を撒き散らしているという拝塵教団《はいじんきょうだん》の集会に潜入する。教団は幼い子どものいる家族を狙って布教を行っているという……作戦の確度向上のため、子ども役として幼いお体に淑女の魂をお持ちだというサクラ殿にご同行を願います」

「はいっ！」

「サクラ殿の母親役には隠密隊のエースであるシュヴァルツ殿」

「……了解」

「そして、父親役は私……帝都騎士団アインツ・フォン・エーベルバッハが」

全員で、こくんと頷く。

要するに、怪しげな集会に潜入して、実情を探るわけだ。

私の役目は「子ども」を演じること。

ちょっと緊張するけれど、ノアルさんとアインツさんがどうにかしてくれるだろう。

私を安心させるように、アインツさんが白い歯を見せて笑う。

「さて、では行きましょう。僕の可愛い娘に、素敵な奥さん！」

「……っ‼」

笑顔が眩しい！　サングラスをくれ！

うん。ノアルさんがアインツさんに惚れる気持ちが、ちょっとわかってしまう気がした。

第21話　帝都見学へ！

まだ太陽の姿が空にハッキリとは見えない早朝。

私たちは、王城を抜け出した。

ひとくちに「お城」といっても、建物ひとつがドーンと立っているだけではない。

シャンガル帝国の誇る、巨大な城の周囲にはトンガリ屋根の塔がいくつもそびえている。これは警備や哨戒《しょうかい》を行うための物見櫓《ものみやぐら》らしい。

広大な庭園と、そこに散らばるように建っている「ハウス」と呼ばれる宮廷内の重役や高位貴族たちの仮住まい。

城の裏には練兵場やノアルさんの住んでいる寮のような使用人たちの住居、洗濯場などの各種作業小屋、小さな畑とちょっとした家畜を飼っている牧場的なスペース……城ひとつだけで私の住んでいた小さな村くらいの規模感がある。

その広いお城を取り囲む石壁の向こう側に、華の帝都シャガールが広がっている。画家みたいな街の名前だって、ゲーム解説動画でいじられていたっけ。

「す、す、すごいひとぉ」

さすが、帝都。人混みレベルは、週末の繁華街に匹敵する。ノアルさんと手を繋《つな》いで歩いているのだけれど、もう、今にも人の濁流に流されそうだ。

人気店や観光スポットの近くなんかは、満員電車かってくらいに混んでいる。

いや、ぎゅうぎゅうの満員電車には慣れたものだったけれど、それは遠い昔だし。前世だし。っていうか、そもそも今の体の大きさじゃ、むぎゅっと踏み潰されて終わるわ。

朝の満員電車でよく出会った生意気そうな私立小学校の生徒たち、こんな大変な思いをしていたんだなぁ……いまさらながら尊敬してしまう。

「大丈夫か？　絶対に手を離すなよ」

「はいぃ……」

本日は抱っこNGを出されてしまった。なんでも、私くらいの大きさの子どもが抱っこされているのは、街中では珍しいのだとか。

ノアルさんとアインツさんが一般庶民の若夫婦を演じるうえで、悪目立ちを避けたいというのもあるし、最悪、人攫《ひとさら》いと間違えられてしまうかもしれない……ということで、今日の私はひとりで歩いているわけだ。

（うえーん、せっかくの街中なのに……）

ちっとも、街の様子がわからない。


帝都の様子を、じかに体験できるチャンスなんて限られているのに……。

現状、私が見られているのは大量の人間の足である。

足、足、足、たまに犬っぽい生き物、足足足、そして足！

「はぁ……」

すでにうんざりしてきた。

ああ、田舎に帰りたい。

しょんぼりしていると、アインツさんが声をかけてくれた。

「サクラ殿……じゃなかった、サクラちゃん？」

「え、あ、はい？」

そう、サクラちゃんだ。

なぜなら、娘だから。

「肩車、するかい？」

「えっ」

「ほら、よいっしょ！」

返事をするより前に、アインツさんは軽々と私を持ち上げて肩車をしてくれた。

「わ、わ、わー！」

一気に視界がひらける。

頭、頭、頭！　立ち並ぶ露店がたくさんある。

朝っぱらから、とんでもなく華やかな雰囲気だ。

道行く人たちの髪の色も、肌の色も、姿形も、バリエーション豊か。服装も様々で、ファンタジー感がすごい。

私は思わず「わぁっ」と息を呑んだ。

（高いところって、呼吸がしやすい！　新鮮な空気最高！）

さすがに地面に近いところは空気が淀《よど》んで埃っぽかったから、助かった。

ノアルさんも人混みにはうんざりしていたようで、溜息をついていた。

「朝市のバザール……相変わらず、人が多い」

「うん、東通りのバザールは月に何度か開催されるんだ」

「あさいち」

ノアルさんが言う。

「拝塵教団《はいじんきょうだん》の集会は、このバザールの日を狙っているそうだ」

「な、なんで」

「木を隠すなら森の中、人を隠すなら――」

「ひとのなかっ！」

「そういうことだ」

この人混みであれば、たしかに怪しげな集会の勧誘をしていたとしても、ちょっと目立ちづらいかもしれない。実際、あちこちで露店の呼び込みをしているしね。

「おい、その子を落として怪我なんかさせるなよ。エーベルバッ……じゃなくて、あ、あ、アインツ！」

ぎこちなくアインツさんの名前を呼んだノアルさんに、それはそれは流暢《りゅうちょう》にアインツさんは微笑みかけた。

「なんだい、僕の砂糖菓子？」

「はんっ⁉」

ノアルさんは、再び硬直した。

（ふぁ～～～、さ、砂糖菓子！　こんな虫歯になりそうなセリフを、よくもまあいけしゃあしゃあと……）

エーベルバッハ家は、図書館で読んだ帝国史の中にもたびたび名前が挙がった名門貴族だ。その一族の末裔《まつえい》であるアインツさん。

圧倒的な育ちの良さで、陽のオーラをまとっている。

周囲からも視線が集まっている。

どんなに庶民的な服を着ていても、高貴な魅力があふれ出て止まらないっていうか。

肩車されている私にも、視線が集まっているような……。

「見て。すごい美形の夫婦」

「やっぱり美形の子も美少女なのね」

「ほんとに、お人形さんみたい」

あれ、もしかして、私も褒められてる？　たしかに、最近はいい生活をさせてもらってる。

北の村に住んでいた頃も、衣食住に不自由はしないし、自然に囲まれていい生活をしていたけれど……お城にやってきて、ごたごたが収まってからは毎日、いい湯加減のお風呂で湯浴みして、いい匂いのする香油やポーションを髪や肌に塗ってもらっている。食事も栄養豊富で、睡眠時間もたっぷりとれている。

たしかに、最近、なんとなく肌触りが違う。

ほっぺたなんか、内側からぴかぴか輝いているようだ。

まあ、子どもの肌だから、もともと何もしなくてももちもちだったけれど。

（もしかして、私……けっこう可愛いのか……いや、たしかに『サクラ』は性能的にもビジュ的にも人気キャラだったけども！）

ぶっ壊れ味方強化バフ性能のせいで、過労死聖女扱いされていることしか覚えていなかったが……たしかに、可愛いキャラだった。

アインツさんの放った「僕の砂糖菓子」の衝撃から立ち直ったノアルさんが、そっと私たちに囁く。

「大丈夫か、アインツ。潜入まであまり目立ちたくないのだけれど」

「え？　僕たち目立っているかな？」

わあ、無自覚！　潜入捜査が無事に終わるまで、ノアルさんの心臓が持つのかしら。

「ところで、拝塵教団《はいじんきょうだん》の集会っていうのはどこで行われているんだい？」

と、私を抱っこしたまま顔色ひとつ変えずに歩くアインツさん。

もちろん、その程度のことを調べていないノアルさんではない。

「あーそうだな。少し厄介なのだが……毎回、開催場所が違う。教団内部に潜り込ませている手の者にも、直前までは知らされない。末端のものにはわからないと」

「へえ、徹底しているんだね」

アインツさんが目を丸くした。

「……ええ、不自然なほどに」

ノアルさんが唸る。

本来であれば、開催場所を確定することができるのならば、こんなリスクのある潜入作戦に踏み切る必要もなかったわけだ。

「ですが……私たちはか、かか、か」

「うん」

「家族、ですから！」

「うん、うん！」

「それはもう仲良しでハッピー極まりない家族ですから。ええ！　向こうから、勧誘に来てくれるはず……」

拝塵教団《はいじんきょうだん》。

衰弱死を招く魔塵症《まじんしょう》など、様々な困り事を引き起こしている魔塵《まじん》を、天からの賜り物としてあがめ奉っているとか。

魔塵《まじん》によって引き起こされる、様々な事象を「福音」としてとらえている。そのため、いたるところに魔塵《まじん》を撒き散らしているわけだ。

それによって魔塵症《まじんしょう》――罹患すると、咳が止まらず、魔力が滞り、少しずつ衰弱して、やがて死んでしまう病気が再び王都に蔓延している。

この間の図書館騒動も、彼らのしわざだとか。

困っちゃうなぁ、と私は思わず溜息をつく。

どうやら、理想の学院生活が待っているはずの神聖学院が閉鎖されているのも、魔塵症《まじんしょう》の流行が原因だ。

「……せめて、ちりょうできればな」

首に巻いたスカーフを、ぎゅっと握る。

私の魔力で魔塵《まじん》を浄化できるなら、手立てはありそうだけれど……。

「とにかく、拝塵教団《はいじんきょうだん》は家族連れを狙ってきます」

「ああ、つまり僕たちがやるべきことは……バザールを思い切り楽しむこと」

と、アインツさんがぱちんとウィンクをした。

あーあ……。

案の定、直撃を受けたノアルさんが、目に見えて顔を赤くする。

ですよね、そうなりますよね。

「あ、あわ……」

「ん、大丈夫か？　もしかして、体調が悪いとか」

「ち、ちがいます！　任務にあたって、わ、私がコンディションを崩すなど！」

「あはは、それはそうだ。君ほど優秀な人は知らないさ。僕と張り合おうとして、実際にそれができた人間なんて……他にいないよ」

「あ、あはは……あは……」

アインツさんは、本当にノアルさんを買っているみたいだ。

よほど予備学校時代のことが、印象に残っているんだろう。

いいなあ、青春羨ましいなあ……。

「さ、手を」

ああ……。

アインツさんが、とどめを刺しにきた。

私を左腕で抱っこしたまま、微笑んで右手を差し伸べる。

その先にいるのは、もちろんノアルさんなわけで。

「な、なな……」

「僕たちは仲睦まじい夫婦だろう。手を繋いで歩くのは変なことではないでしょう」

「ほわっ⁉」

はい、光の微笑みです。

ノアルさんが、いよいよワナワナと震え始めた。

「ほら、僕たちが彼らにとって『上客』だってアピールしないと」

「そ、そそそそうだな。うん、そうだな！」

ノアルさんがぎゅっとスカートを握ってから、差し伸べられた手をとった。

（わ、まぶしい！）

もう、見ていて恥ずかしい初々しさだけれども、さすがは美男美女である。

手を繋いで、仲睦まじくバザールを歩き回る。

お土産物屋に声をかけられるのを、スマートにいなしているアインツさん。一方、ノアルさんは普段のクールビューティーはどこへやら……というしおらしさで、俯いて歩いている。

それが、むしろ新婚さんっぽいというか。名演技だ。

周囲の視線が、さっきよりも集まっているのを感じる。

目立ちすぎていないだろうか、と不安になるくらい。

「へえ、屋台のごはんっていうのは、作る過程を見るのも面白いものだなあ……」

「あ、あれは踊りながら鉄板焼きを作るというパフォーマンスだ。ぼったくり店もあるから気をつけろ」

アインツさんが、大げさなくらいに感心してみせる。

「なるほど、君は詳しいんだね。世間知らずで恥ずかしいな」

「そんなことは……」

こそこそと囁き合う様子なんて、なかなかお似合いのカップルだと思う。

焼きトウモロコシが美味しそうだけれど、露店の食べ物は魔塵《まじん》の影響が強いかもしれないそうで、食べることができなかった……残念すぎる。

朝早くに城を出てきて、もう太陽も高く昇っている。

うーん、お腹がすいてきた。

「ん……あれは」

こっちをじっと見つめている人影を見つけた。

一般人に溶けこむ格好をしているのだけれど……なんだか、怪しい視線を感じる。

白いシャツに、白いズボン。

特徴がなさすぎるのが、逆に特徴というか……。

ノアルさんも、そちらに意識を集中している。さきほどまでの照れ照れっぷりが消え去っている。

さすがといえば、さすがだ。

「エーベルバッハ殿」

「おっと？」

「……アインツ」

「なんだい？」

「三人ほど、私たちを見張っています」

「へえ、僕が気づいていたのは二人だった」

「六時の方向、建物の中にひとり」

「ああ！　見落としていたな」

わあ、かっこいい。

じれったいカップルだと思って油断していると、二人とも本当に有能なのを忘れてしまう。

ノアルさんが一目置くアインツさんだもの、おそらくとても強いのだろう。

「こちらへ。私たちに声をかけやすいように、人気のない場所に彼らを誘き寄せます」

「了解したよ、砂糖菓子」

「んぐっ……こ、こっちへ」

大通りを離れて、石像のふちに腰掛ける。

さすがに相手も馬鹿じゃない。

すぐに話しかけてくるようなことはしないみたいだ。

「サクラ様は万が一にも危険がないように私たちの側を離れないようにしてくださいね」

そっと、ノアルさんが囁く。

私は、こくんと頷いた。

「……あの、ふたりは、がくせーじだいのおともだち、なんだよね」

天気の話や、バザールの感想を話し終えて。

なんとなく気まずい沈黙が流れたので、切り出してみた。

「おや、誰に聞いたんですか……って、リリィ以外にいないか」

「あの人、相変わらず余計なことを」

まんざらでもなさそうなアインツさんに、露骨に嫌な顔をするノアルさん。

ああ、もう。じれったい。

「ふたりは、なかよしじゃないの？」

きょとーん、という顔をして尋ねてみると、二人がドキッとした様子で硬直する。

（こういう聞き役、わりと得意だよ！）

前世では、あらゆる恋バナの聞き役をやってきたのだ。聞き役っていうか、壁打ちの壁っていうか……自分が恋愛する時間も気力もなかったからね……。

ノアルさんとアインツさんが、顔を見合わせる。

よし、どうだ。ここまですれば、さすがに二人ともお互いを意識するだろう。

「……あー」

「えーっと……」

お互いに照れて、固まってしまった。

（嘘でしょ……）

思えば、お母さまとお父さまは私がこの世界で目覚めたときから、熱苦しいくらいにラブラブだったから、こういうのは久々だったな。

「こほん」

「サクラ殿、すまないがこいつとは、そういうんじゃない。仲なんてよくない！」

「あはは……潜入捜査の役作りっていうのも、なかなか難しいものだね」

三人で苦笑いをしていたら。

唐突に、声をかけられた。

「……あの、今お時間ありますか？」

振り返る。

とても感じのいい、満面の笑みを浮かべた男性。

「おや、僕たちに何か御用ですか？」

アインツさんが、完璧なスマイルで応答する。

「ええ……本当は限られた方とだけ分かち合っている集いなのですが。とても素敵なご家族とお見受けしましたので、特別にお声かけしてしまいました」

つらつら、ぺらぺらと、腹にもないようなことを吐き続ける男。

微妙に私たちを持ち上げたり、特別感を煽《あお》るようなトーク。

これ、なんだか覚えがある。

（すっげぇ高い水を売りつけてきた、お局だーーー‼）

あの空気感に、そっくり！

◆

——というわけで。

私たちは怪しげな男に、ノコノコとついてきたわけだ。

連れてこられたのは、なんの変哲もない商店の二階だ。

夜は酒場でもやっているのだろうけれど、今はお店の人たちはキッチンで仕込みをしている最中みたいだ。

私たちを連れてきた男は、顔パスで二階に入っていった。

（上手く潜り込めたみたい……）

人の良さそうな笑みを浮かべているアインツさんは、疑うってことを知らないお坊ちゃんにしか見えない。そんなアインツさんに手を握られて、なんとも言えない顔で黙って俯いているノアルさんは控えめで自己主張ができない新妻だ。

まったくもって怪しまれていない。

潜入捜査なのだから、それで正しいのだけれど——。

（おわっ、いかにもって感じ！）

二階には、真っ白いローブをまとった人が三人座っている。

鳥のくちばしを象った仮面が、フードの奥から伸びていて不気味だ。

いわゆる、ペスト医者のマスクみたい。

私たちと同じような親子連れが、何組かいるみたい。

「あの、あなたがたは今日が初めてですか？」

おずおずと話しかけてきた女性は、なんだか目が据わり気味。

アインツさんが、上手く話を合わせる。

「そうですね、もう何度も……？」

「ええ、そうです！　本格的に拝塵教団《はいじんきょうだん》に入信しようと思って――」

拝塵教団《はいじんきょうだん》。

その名前が出た。

やったね、ビンゴだ。

まったく別口の新興宗教セミナーに連れてこられてしまったらどうしようと思っていた。もう、お局様に水を売りつけられそうになったのがちょっとしたトラウマになっているのだ。

「皆様！　お待たせいたしました！」

「今日はご見学の方がいらっしゃっています。みなさん、魔塵《まじん》を受け入れてからの体験談と幸福をシェアしてください！」

教団の人間が、ニコニコと話し始めた。

うわぁ、びっくりするくらい胡散臭《うさんくさ》い！

（うわわわわわっ）

笑顔、笑顔、笑顔。

ずらりと並んだ笑顔の人たちが、私たちを取り囲んでくる。

「お邪魔いたします」

「ど、どうも」

ひく、とアインツさんの笑顔が引きつった。

◆

——数時間後。

「……というわけで、魔塵《まじん》を必要以上に人間の生活領域から排除してきたことで様々な問題が——」

「魔塵《まじん》に触れながら育つことで、子どもたちに大いなる力を——」

途切れない。

同じセミナー参加者からの、熱弁が、途切れない。

私は今こそちびっこの特権を活かして、話がよくわかっていないフリでどうにかしているけれど、これはかなりつらい……！　ノアルさんは、さすが隠密部隊というか。「まあ」「そうですか」「なるほど」の繰り返しで、どんどん情報を抜き取っていく。

ニンジャ的な戦い以外にも、こういう仕事がたくさんあるのだろう。

一方、アインツさんはというと……。

「あ、はは……」

笑顔が、完全に引きつっている。

（こ、これは……！）

私の脳裏に、フラッシュバックする前世の記憶。

育ちのいい、お坊ちゃん新入社員。

察しのいいマルチ商法お局。

数ヶ月後に、水の『良さ』を熱心に語り始めたお坊ちゃん……！

（これはとても、まずい状態っ！）

ほら、もうアインツさん目がうつろだし。

おめめがグルグルしはじめたし。


「ええと、あの、ぱぱっ！」

「……あは、あははは」

「ぱぱーーっ！」

はっ、とアインツさんが私を見た。

今、私たちが「家族」を演じているのを思い出したみたいだ。

「あら、どうしたのかしら。サクラちゃん？」

普段はさっぱりとした喋り方のノアルさんが、お淑やかに首をかしげる。

「ぱぱ、といれ！」

とりあえず、外に出てリフレッシュさせなくちゃ。

「と、といれ……？」

「サクラ、もう飽きちゃった！　といれつれてって！」

幼児言葉丸出しだ。

正直、中身はいい年した女なので恥ずかしい。

恥ずかしいけど、今はそんなことは言ってられない。

「……あなた、お願いしていいかしら？」

ノアルさんは、この場から離れない選択をした。

彼女の任務は、拝塵教団《はいじんきょうだん》への潜入だ。それはそう。

宴会場の奥に座っている、目深にフードを被った偉そうな人たちが、じっとこっちを見つめているような気がする。

（うわ、見張られてるんだ）

教団のひとりが、私とアインツさんを連れて宴会場の外に出してくれた。

私は、一際大きな声でだだをこねる。

「ぱぱ！　サクラ、もうあきた！　そとだして！　おそとー！」

「あ、えっと……どうしよう」

もちろん子育ての経験なんてないアインツさんは、おろおろするばかりだ。

大声で騒ぎ続けると、次第に教団の人がイライラしてきた。

私はギアをあげてさらに大声で騒ぐ。

ここで会合をしていることは、なるべく知られたくないはず。

となれば、開店準備中の居酒屋で騒いでいる子どもなんて迷惑極まりないはずだ。

「ちょっとお父さん、いいからその子を静かにさせてもらえませんか？」

「すみません、わかりました……」

「とはいえ、あまり気にしすぎずに。もうすぐ、魔塵《まじん》が配られますから、早く戻ってくださいね」

「はあ……」

店の外に出ると、アインツさんが大きく溜息をついた。

情報の洪水から解放されて、ちょっと落ち着いたようだ。

「だいじょうぶですか？」

「ええ……サクラ殿、ありがとうございます……慣れない仕事は、上手くいかないものですね……」

力なく笑う顔は、どことなくあどけない。

なんというか、アインツさんがいたからこそ、「いいカモ」として声をかけてもらえたんだろうな……と確信した。

「ノアルは、やはりすごいな」

ぼそ、と呟くアインツさん。

その横顔には、純粋な尊敬が浮かんでいた。

第22話　ノアルを救え！

集会所になっている二階に戻る。

さっきよりも信者たちの熱気が高まっていた。

「今月は時計台の上から噴水広場に魔塵《まじん》を撒きました！」

「時計台に潜り込んで内鍵を開けたのは、うちの娘ちゃんなのですよ！」

「たくさんの知り合いに、子どもを魔塵《まじん》に触れさせることのすばらしさを伝えました！」

「隠された秘密を――」

「何言ってんの！　うちのほうが頑張りました、帝都図書館に魔塵《まじん》を――！」

唾を飛ばしながら、我が我がと主張を繰り返す人たち。その熱烈な視線の先にいるのは、ローブを着た教団員。

……っていうか、やっぱり帝都図書館に魔塵《まじん》を撒いたのは、この人たちだったみたいだ。しかも、一般の信者のしわざだったみたい――怖いなあ。

「どうか私に魔塵《まじん》を！　教主様！」

真ん中に立っている一番オーラのある人が、教主様……拝塵教団《はいじんきょうだん》の中心人物みたいだ。

私はノアルさんの姿を探して、きょろきょろと周囲を見回す。すると――。

「……ノアル」

私を抱っこしているアインツさんが、息を呑んだ。

その視線の先には、ノアルさん。

でも、様子がおかしい。信者たちの群れにまじって、見たことのないような蕩《とろ》けるような表情で、前へ前へと手を差し伸べている。その先に佇《たたず》むのは、拝塵教団《はいじんきょうだん》の「教主様」だ。

……うそ。

私はちょっとだけ、混乱した。

あのままじゃ、アインツさんが拝塵教団《はいじんきょうだん》に洗脳されてしまうと思った。実際、かなり危ないところだったと思う。お人好しなのも、考えものだ。

でも、ノアルさんだけは絶対に大丈夫だと思ってたのに。

「新顔のお母さまも、魔塵《まじん》が排除された世界がどれだけ不自然なものかをわかってくださったようですね……」

教団員が微笑んで、ノアルさんの手を取る。

「魔塵症《まじんしょう》で命を落とす者は、そもそもが不信心なのです。魔塵《まじん》を善《よ》きものとして受け入れる心があれば、魔塵症《まじんしょう》は起きません……その証拠に、魔塵症《まじんしょう》に苦しめられているのは、整えられた環境でのうのうと過ごしている王侯貴族や金持ちに多いでしょう?」

出ました、それっぽい理屈！　ノアルさんはうっとりと頷く。

魔塵《まじん》の満たされた瓶を持った白いローブの教主様がゆっくりと掲げる。

「さあ、今日は祝福を誰に授けましょう?」

途端に、信者さんたちから歓声が上がった。

魔塵《まじん》を崇拝する拝塵教団《はいじんきょうだん》は、集会のたびに魔塵《まじん》を市井の信者たちに譲り渡して、あちこちに散布することを求めているらしい。

あれを貰うことは、彼らにとっては大変な名誉なのだろう。

「教主様、この活動のすばらしさを広めるために、何をするべきでしょうか」

と、ノアルさん。

「ああ、あなたは物わかりがよろしいご婦人だ。まずは、あなたのご家族……あの娘さんに魔塵《まじん》と触れあう機会をさしあげましょう。子どもは柔軟です。成長の過程で、魔塵《まじん》によって様々な力に目覚めるでしょう」

「力に、目覚める？」

「ええ、かつて存在した人を超越した存在に近づけるかもしれません」

聞いていると、意味もなく納得してしまいそうな柔らかくて説得力のある声。

さすがは教主様だ。

アインツさんが、ぼそりと呟く。

「まさか……『魔族』を復活させようというのか……？」

魔族。

いわゆる、この世界の敵性存在だ。

「さあ、目覚めましょう。人だけがのざばる世に疑問を持ち……新しい世界を作るのです」

（思ったよりやばい人たちかも……ノアルさん、しっかりして……！）

私は、首元に巻いたスカーフをぎゅっと握りしめる。

その魔塵《まじん》を吸い込んだ人たちが、徐々に衰弱していく魔塵症《まじんしょう》を発症してしまう……そのせいで、私が通うはずの王侯貴族のための学校は、一時閉鎖になってしまっているほどに被害が拡大している。

ちびっこに転生して、子ども時代をやりなおす――ノアルさんとアインツさんのような、青くて春な学生時代を過ごすという私の夢をかなえるためには、拝塵教団《はいじんきょうだん》のみなさんには大人しくなって貰わないといけないのだ。


「なんて、すばらしい理念でしょう！」

恍惚《こうこつ》とした表情のノアルさんが叫ぶ。

嬉しげな声で、教主様とかいう白ローブの人が朗々と宣言した。

「ここにひとり、あらたに目覚めた同志が誕生しました！」

拍手が起きる。

誰もが幸せそうで善良そうな笑顔を浮かべている。怖い。

「あ、あの」

ふと、顔色の悪い子どもを抱えた女の人が声をあげた。

集会場の片隅で、ずっと下を向いて黙っていたのだろう。女の人の膝でグッタリと横たわり、咳を繰り返している男の子――図書館に撒かれていたのと同じ、禍々しいオーラが肺のあたりに停滞している。

あれが、魔塵症《まじんしょう》というやつだ。私は確信した。

男の子の母親が、蚊の鳴くような声で訴える。

「教主様、わ、私は……ずっと教えを守ってきました。それなのに、うちの子の病気は……治るどころか、重くなる一方で……」

さっきまで笑顔だった信者の人たちが、無表情で女の人と咳をする男の子を見つめている。顔からは、あらゆる感情が抜け落ちているみたいで不気味だ。

例えるのなら、満員電車でスマホを見つめる社畜の表情だ。どろりとした、不気味な無表情のまで、窮状を訴える母子を見つめている。

信者たちの様子に満足げに頷いた教主様が、わざとらしい呆れ声で女の人を切り捨てる。

「恐れる必要はありません。魔塵《まじん》を吸い込んだとしても……魔塵《まじん》を崇め、我々に心身を捧げる覚悟さえあれば、病に倒れることはないでしょう」

「で、でも……」

……そのとき。

アインツさんが、私を抱っこしたままでノアルさんに駆け寄った。

(ちょ、待って待って！　アインツさん、それ今じゃない！)

「ノアル！」

明らかに場を乱す、鋭い声。

けれどノアルさんは、振り向かない。

「すまない、僕が席を外した間に何かがあったんだな？　大丈夫かい？」

「…………」

「ノアル、目を覚ましてくれ！　任務はたしかに重要だ。でも、君に危害が加わるんなら話は別だ……撤退しよう」

「………」

うつろな目で、私たちを見上げてくるノアルさん。

沈黙と、周囲からの視線が突き刺さる。

「任務、とはどういうことですか？」

教主の言葉に、ノアルさんは「はーぁ」と溜息をついた。

そして。

ノーモーションで、アインツさんに詰め寄っていた武装した信者に鋭い蹴りを叩き込んだ！

「ぐほっ！」

「……まったく、上手くいきそうだったのに。心配しすぎだよ、アインツ」

「ノアル⁉」

しなやかに身を翻して信者たちを次々に倒していくノアルさん。

信者たちが、悲鳴をあげながら逃げていく。

口々に「やばい、ガサ入れだ！」みたいなことを口走っていたので、後ろめたいことをしている自覚はあったみたいだ。

「き、きみ……すっかり洗脳されてしまったんじゃ……？」

「は？　演技に決まっているだろう」

突然の大立ち回りにあっけにとられているアインツさんに、ノアルさんが呆れ顔をする。

「あのまま、彼らの話を聞いていたらお前のほうが参ってしまいそうだったから……私が、陥落したフリをしたんだよ」

な、なるほどー！　やっぱり、ノアルさんは隠密隊の精鋭だ。

「じゃ、じゃあ……君は、僕のために……？」

「なっ！」

こんなときに、とノアルさんが恥ずかしがっているような怒っているような顔をして、ぷいっと顔をそむけた。

「そういうわけじゃない！　任務のためだ！」

でも、とノアルさんが呟くと同時に、背後から大きなツボでノアルさんの頭をかち割ろうと襲いかかってきた信者の攻撃を躱して、腕を捻りあげる。一応は一般人相手だから、キックやパンチは慎んでいるらしい。

「でも……お前が本当に、いいやつだってことはわかったよ」

「僕が？」

「どんな主張であれ、耳を傾けようとするから混乱するんだろ――それは、アインツの美点だよ」

言いながら、ノアルさんは教主ににじり寄る。

「さて、大人しくしてもらおうか」

潜入、制圧、確保。

予想外のアインツさんの乱入にも動じないノアルさんは、とってもかっこよかった。色々と心配事があったけれど、私は本当にちびっこを演じていればよかったので、ちょっと拍子抜けだ。

「……何者だ」

教主様が問う。

「王命により、お前たちを捕らえる――これ以上の答弁は必要なかろう」

ノアルさんが答える。

か、かっこよすぎる‼

ほら、アインツさんもちょっと頬を赤らめてぽーっとしちゃってるし。

教主様が、チッと小さく舌打ちをした。

そして――。

「貴様らに、魔塵《まじん》の祝福を」

手にしていた瓶を、床にたたきつけた！

え、嘘でしょ。

それ、撒き散らしたらやばいやつじゃないの。

……バイオテロだ！

◆

割れる瓶。室内に舞い上がる魔塵《まじん》。

「ひっ……！」

集まった信者が悲鳴をあげた。

ローブをまとっていた教団員たちは、いつの間にかマスクをつけていた。

（いやいやいや、自分たちはマスクつけるって……絶対よくないやつじゃん、これ‼）

小瓶ひとつから巻き起こっているとは思えない、すごい量の魔塵《まじん》。

これ、吸い込んだらやばいよね⁉　私は首に巻いていたスカーフを口元にずりあげる。

実は、このスカーフに仕掛けがある。

スカーフには、天才魔導師のリリィさんが開発した魔導術式が描き込まれていて、魔塵《まじん》を無力化することができるのだ。

要するに、図書館の大掃除に使った魔導具《ハタキ》から派生したグッズだ。

本当はマスクにこの布を詰め込んでしっかりと口元に固定することができたら、さらに安全性は上がるみたいだけど、今回は平民のコーディネートに溶けこんでごまかせて、とっさの対応がとりやすいスカーフ状にしたわけだ。

ちょっと、スパイ・ガジェットみたいでかっこいいよね。

ちなみに、これを作るのには私の魔力が必要とかで、何度もリリィさんの試作品の作製に付き合うはめになったのだけれど――リリィさんと過ごす時間は、なんだか、ずっと欲しかった対等な友達ができたみたいで楽しかった。

禍々しい紫色の魔塵《まじん》の靄が、どんどん濃くなる。

視界が遮られる中で、周りを囲まれる。幹部たちは、あっという間に逃げてしまった。

「ノアル、大丈夫か……⁉」

「っ、問題ない――くそ、逃がすか！」

「えっ！」

ノアルさんが急に声を荒らげて、魔塵《まじん》の靄の中に飛び込んだ。

「の、ノアルさん……⁉」

アインツさんに、目で合図をする。

ノアルさんを追いかけよう！

一瞬、アインツさんは皇帝の孫である私を危険にさらすことをためらう素振りをみせる。待て待て待て待て、あなたはノアルさんが大事なんでしょうが！

「ほら、行きますよ！」

「ちょ、サクラ殿！」

アインツさんの手を引っ張って、私は一歩を踏み出した。

視界が悪い中で、ちょっとずつジリジリと進んでいく。

小学校でやった火災避難訓練を思い出す。

姿勢を低くして……って、もともと私はちっちゃいけれどね。

「ノアルさん！」

靄が晴れると、そこにノアルさんの姿があった。

けれど、ノアルさんは口元に魔塵《まじん》よけのスカーフをしていなかった。

「ノアル……きみ、なんてことを！」

ノアルさんは、自分がつけているべきスカーフを、信者の子どもに押しつけていたのだ。周囲の大人は、すでに倒れている。ノアルさんに助けられた子どもは、泣き出しそうになりながらも、スカーフを使って呼吸を続けている。

「……っ」

ノアルさんは、口と鼻を自分の肘でかばっているけれど……明らかに顔色が悪い。

子どもが、ノアルさんの目の前にいた。

この子が、目に付いた。理由は、それくらいだろう。

クールで、つっけんどんで、ちょっと怖い印象がある人だけれど——ノアルさんは、優しい人なのだ。とっても。

魔塵《まじん》の煙にまぎれて、肝心の信者の人たちは逃げてしまっている。さっきノアルさんが倒した人たちもいない。他の信者たちが、運んでいったのかもしれない。

「わ、私は問題ない……それより、やつらを追わないと……」

ノアルさんの言っていることは正しい。

拝塵教団《はいじんきょうだん》の手口を掴んで、実際に潜入をしてみたわけだけれど——こういう状況になってしまった以上、スパイを警戒して新規勧誘の方法を変えるかもしれない。

「いいから、君は黙って！」

そう言って、アインツさんはためらいなく自分のスカーフを剥ぎ取って、ノアルさんの口に押しつけた。

「……!?　ば、馬鹿‼　お前、何してるんだ‼　私は少しは毒や呪いのたぐいに耐性があるんだ」

「いいから……受け取れ……」

スカーフを押し返そうと藻掻《もが》くノアルさんの肩を、アインツさんがグッと掴む。

鍛え上げてきた帝国の騎士だ。

ノアルさんがいかに強いといっても、同じように鍛え上げた身体であれば、男と女の力の差は歴然で……要するに、ものすごく力強い抱擁で、アインツさんはノアルさんを制圧したわけだ。

「……っ！」

「ぐ……」

ノアルさんの口にスカーフを押し当てて、アインツさん自身はなるべく息を止めている。他ならぬ、ノアルさんを守るために……！

（は、はわ……！）

学生時代からのライバルであり、旧知の仲。

職務に忠実で、普段は名字で呼び合っている二人。

お互いを気にかけているはずなのに、全っっっ然関係が進展しないままでここまできてしまったお坊ちゃん騎士と叩き上げの女隠密……。

それが、今！　アインツさんが、自分の安全をなげうってまで、ノアルさんを助けようとしているわけで。二人は急接近しているわけで。

「と……と……」

胸の中に湧き上がる、この気持ち！

そうそう、こういうのですよ。

介護やブラック労働にかまけて、まったくもって青春できなかった私の人生に足りなかった、ときめきイベント、甘酸っぱい二人の関係。と、と、と、――

「……っ、と、尊いぃっ‼」

思わず滑舌もよくなってしまう。

あまりの尊さに、私の中の、熱い気持ちが最高潮に達した瞬間！

……私の身体の中から、まばゆい光があふれ出した。

どんどん、光があふれ出す。

無数のブラウザっぽいエフェクトが、乱立する。

――解毒《アンチ・ドォト》、実行。

――解呪《ディスペル》、実行。

――解呪《ディスペル》、実行。

――解毒《アンチ・ドォト》、実行。

――解呪《ディスペル》、実行。

止まらない。止められない。

首にかけた隠匿水晶《ハーミット・ストーン》でも抑えきれない、ほとばしる光の洪水が……部屋に満ちていた魔塵の靄を、
一瞬で消し飛ばしてしまった！


ぺっかー！

まばゆい光が、魔塵《まじん》を無力化していく。
完全に霧が晴れると、倒れていた信者の人たちが起き上がる。まだ立ち上がれないようだけれど、
とりあえずは無事なようだ。

―解呪《ディスペル》、実行。
呪、実行。
―解毒、実
解呪、実行

ノアルさんに助けられた男の子が、母親に縋《すが》り付いて泣き始める。

母親も、男の子を抱きしめて縋り付いている。

「ごめんなさいね、坊や……お母ちゃんが間違ってた……こんなところに縋るべきじゃなかった……」

うんうん、よかった。

あのお母さんは正気に戻ってくれたみたいだ。

そして。

そこには熱く抱擁をかわしているノアルさんとアインツさんである。ドラマの最中に、魔塵《まじん》の靄がなくなってしまって、非常に気まずい空気が漂っている。

こっちについては、その、なんか……。

な、なんか、ごめんなさい。

「……アインツ、もう大丈夫そうだが」

「あ、ああ。すまない、つい」

「謝る必要はないだろう！」

ノアルさんが声を荒げて、黙り込む。

そして、言葉を探してぱくぱくと口を動かしてから、堰《せき》を切ったように喋り出す。

「むしろ、私のほうが御礼を言うべきだ。帝都騎士団の新鋭であるアインツ・フォン・エーベルバッハが、使い捨ての隠密隊を助ける義理などなかろうに。というか拝塵教団《はいじんきょうだん》のやつらを取り逃がしたことのほうが問題だ。千載一遇のチャンスだったのに――」

アインツさんが、たまらずにノアルさんの言葉を遮る。

「助けるのは当たり前だ！　きみは、ずっと僕にとって特別な存在なんだから……」

「は、はぁ⁉」

はい、尊い。

また私が淡く光り始めてしまうから、勘弁してください。

「当然だろう。僕の友人になってくれて、ライバルとして食らいついてきて……本当に嬉しかったんだ。なのに、宮廷仕えが始まってから、ちっとも話してくれないし」

「あ、アインツ！　気持ちはわかったが……そ、それは嬉しいが……。だからといって、拝塵教《はいじんきょう》団《だん》のやつらを取り逃がすのは愚策だったぞ」

ん、とアインツさんが首をかしげた。

「ああ、そのことなら問題ないよ。さっき、僕らを尾行してきてくれていた騎士団員に合図を出した。町中に潜伏させている部下が、この建物から出てきた人間はすべて捕らえているはずだよ」

あ、そういえば！　私は思い出す。

さっき、アインツさんを外に連れ出したときのこと。

アインツさんは私を抱っこしたままで、どこかに目配せをして何かサイン的なものを送っていた……ような気がする。

そのときには、拝塵教団《はいじんきょうだん》信者の皆様による洗脳トーク波状攻撃で参ってしまって、遠くを見て落ち着いているのかと思っていたけれど。

（ほんわかしたお坊ちゃんと見せかけて、やっぱり優秀な騎士様なんだな……というか、皇帝陛下《おじいちゃま》

の腹心三人組のうちのひとりだもんなぁ）

しみじみと、すごいなぁと溜息を漏らす。

「折を見て、合図を送らねばと思っていたのだが……サクラ殿のおかげで、上手く怪しまれずに外にコンタクトできたよ。さすがは、サクラ殿だ」

「あはは……」

偶然ですけれども、ね。

「待て、アインツ。作戦要綱にはそんなことは書いていなかったぞ」

「うん、これは僕の独断だし、実行しているのも志願してくれた僕の部下と私兵なんだ……叱責は甘んじて受けるよ」

「どうしてそんなことを」

「だって……きみと一緒の作戦行動なんて、この先ないだろうからね。いいとこ、見せたいじゃないか」

しれっと言い放つアインツさん。

なんか……もしかしてこの人たち、バカップルの素養があるかも。

ほら、ノアルさんもごにょごにょ文句言いながらも、ずっと赤面しているし。

◆

そういうわけで、拝塵教団《はいじんきょうだん》の集会に潜り込む潜入任務は、成功のうちに終了した。

結果としては、アインツさんの部下によって教団員のほとんどは捕縛。

ただし、その場で一番偉そうにしていた教主様は上手く逃げおおせたらしい……けれど、実態不明の教団メンバーを捕らえられたというだけでも、大きな成果だとか。

そして、巻き込まれていた一般人のみなさんは、しばらく王城内の施設で保護されることになったそうだ。教団に命を狙われる可能性もあるし……あとは、魔塵《まじん》を大量に浴びた人間がどうなるのか、という経過観察の側面もあるらしい。

数日後、私は保護されている元信者さんたちが保護されている施設を訪れた。

というか、ノアルさんの部屋がある、例の山奥のアパートっぽい建物を転用しているので慣れたものだ。私は周囲を確認して、頷く。

「うん、なんか、よくなさそうなモヤは、きえました！」

事件当初、魔塵《まじん》を多く吸い込んでしまった人からは、禍々しいオーラが感じられていた。お母さまにかけられていた、『不妊の呪い』によく似た感じだ。

何日かに分けて、私が発する光で浄化することができたようだ。

「さすがだな、サクラ殿」

付き添ってくれていたアインツさんに褒められて、「えへへ」と頭をかく。

この数日で、自分の力を扱う感覚を完全に理解した。

色々と実験してみたけれど、ちょっとした毒や呪いなら、問題なく解除できてしまう。どうやら、ノアルさんとアインツさんの尊さ大爆発によって、私の魔力は完全に目覚めてしまったらしい……。

「あの、ノアルさんのペンダント、こわしちゃってほんとにごめんなさい……」

「隠匿水晶《ハーミット・ストーン》か……まあ、貴重なものだが、仕方ない」

あの魔力の暴発によって、ノアルさんに借りていた隠匿水晶《ハーミット・ストーン》が壊れてしまったのである。本当に申し訳なさすぎる……。

「やあ。サクラ殿、ノアル！」

お城に戻ると、アインツさんが私たちを待っていた。

「……アインツ」

あの事件以来、お互いを名前で呼び合うようになったノアルさんとアインツさんからは、初々しい空気があふれ出ている。

青春の続き、いいですね。尊いですね……おっと。

うっかり魔力を溢れさせないようにしないと。

「先程、皇帝陛下とアマンダ殿下がお帰りになられた……急ぎ、今回の報告会をするぞ」

「わかった」

作戦会議以降、ノアルさんは大忙しだったのだ。

主に、捕らえた教団関係者への「尋問」のために。怖い。

「サクラ殿には、後ほどご報告しますね」

「はいっ」

もちろん、お子ちゃまである私は報告会には出ません。

お母さまとお父さまが帰っていらっしゃったので、久々の親子の対面だ。

ノアルさんと別れて、お城の廊下を駆け出した。

第23話　潜入捜査、完了

「おかえりなさいませ、おかーさま！」

「サクラ！」

お部屋に帰ると、お父さまとお母さまが待っていてくれました。

長年、行方をくらましていたシャンガル帝国の第一王女であるお母さまは、『長年の病気療養から復帰した』ということになっている。で、今回の地方への巡幸を通しておじいさま……つまり、皇帝陛下と行動をともにして国民に復帰をアピールしてきたらしい。

いわゆる、カバーストーリーってやつ。

長年の行方不明と、突然の王室復帰の辻褄《つじつま》を合わせるのだ。

さらに、腕利きの狩人で中途採用の軍人であるという『ていの』お父さまが、地方の軍事訓練に参加している現場に『偶然に』通りかかり、今回の旅行で二人はめでたく出会った――という設定になるらしい。

それって、国民を騙しているんじゃと思わなくもないけれど、「多くの人が納得をするストーリー」というのは大切なのだとか。

「おとーさまも！」

「サクラ！　大きくなったなぁああ！」

「おとうさま、おおげさ～！」

お父さまの目には、涙がにじんでいる。

いやいや、村を出てから数週間しか経ってないですけども。

……いや。

お父さまは毎日、毎日、私のことを肩車して畑に連れて出てくれた。寝るときには、毎晩抱っこしてくれた。

そんなお父さまが（自分のお人好しが原因とはいえ）、借金取りに怯えて逃げるように村を出て、道中で帝都隠密隊のノアルさんに捕縛されて帝都に連行され、さらには妻子と引き離されて……どんな気持ちで過ごしてきただろう。

血が繋がっていないのに。

私に会えただけで泣いてくれる、お父さま。

前世の私が――いつも忙しく孤独に育った私が、ずっと焦がれてきたものだ。

「……うん。おとうさま、おかえりなさい」

「ああ、ただいま」

ぎゅう、と強く抱きしめられる。

「く、くるちいよ、おとうしゃま！」

「もう、ダンったら」

お母さまが、楽しげな声色でお父さまを諌《いさ》める。

まるで、村で暮らしていた頃のような光景だ。

最近のお母さまは、王族として振る舞う知識や勘を取り戻すのに苦労して、まるで私の知らない人みたいだったからね。

「ははは、すまない」

お父さまが、そっと私を降ろしてくれた。お母さまのお下がりの服を着た私をじっと見つめて、

「まるでお姫様だ」と目を細めている。

お父さまとお母さまには、おそらく私が帝都大聖域に召喚された大聖女だろう――と告知はされたらしい。

けれど、二人にとっては大きなことではなかったようだ。

愛娘は、愛娘。

それだけだ、と。

むしろ、大聖女として無駄な苦労を背負わないように……と、心を痛めていたらしい。

というわけで。

皇帝陛下と三人の懐刀、そして両親だけが、私の正体を知っている状態になっているわけだ。今やリリィさんとも大の仲良しだし、秘密をわざと漏らすような人はいないだろう。

どうなることかと思ったけれど、丸く収まった。よかった、よかった。

さらに、お母さまから朗報があった。

「あのね、サクラ。お母さん、ダンと正式に婚約したの」

お母さまが、まるで初恋に浮かれた少女のような表情で教えてくれた。

「おお～っ」

とってもおめでたい。

私は小さな手で、パチパチと拍手をする。

「ああ。俺がこのたび、正式に帝都騎士団の一員になったんだ。数年勤めれば、しかるべき身分をいただける。そうすれば、王女であるアマンダとも結婚できる」

「皇帝陛下《おとうさま》が許らってくださったのよ」

「そうなの！　おめでとーございましゅ。おとうさま、おかあさま！」

やるじゃん、じぃじ！　幸せそうに微笑み合う両親に、私は本当に嬉しくなる。

「あ、そーだ」

私も、お母さまに話すことがあったのだ。

お母さまにお耳を貸していただいて、こしょこしょとナイショ話。

「……えっ‼　わ、私以外にも『薔薇園』シリーズのファンが⁉」

でっかい声で、お母さまが声を弾ませた。

「そ、それって本当なの？　まぁ……村にいたときには、貸本屋さん以外誰にも話が通じなかったのに……」

リリィさんもオタ活友達が欲しいと言っていたので、お母さまに取り次ぐ約束をしていたのだ……っていうか。これ、メアリーさんが作者だって知ったら、お母さま情報過多で倒れちゃうかもしれないな……。

「僕らの薔薇……？　なんだい、それは」

「ダン！　いえ、その、なんでもないのよ！」

おほほほほ……とお母さまが微笑んでごまかした。

怪訝な顔をしているお父さまである……いや、ちゃんと話し合ったほうがいいよ、浮気と勘違いされても面倒だしね。しばらく、久しぶりの団らんの時間を過ごした。

「というわけで、サクラ……これからお母さまは公務が忙しくなるし、お父さまはしばらく騎士団独身寮で生活することになるし……あなたに寂しい思いをさせてしまうわ、ごめんなさいね」

お母さまが、優しく頭を撫でてくださる。

このあと、しばらくの間は、それぞれに忙しくなってしまうようだ。

「心配するな。独身寮は帝都にあるし、休みのときや王城勤務のときには親子三人で過ごす時間もとれる」

「でも、それではダンが休む時間がなくなってしまうのではなくて？」

「俺のことは気にしないでくれ。家族の時間が、何より大事なんだ」

お父さまが、私たち二人を抱擁する。

ノアルさんとアインツさんとの「家族ごっこ」も楽しかったけれど……やっぱり、私のお父さまとお母さまは、この二人なんだ。

（この二人なら、どんなに忙しくても家族をないがしろにはしないよね）

そのときだった。

どたどた、と廊下を駆けてくる音がする。

いやに威厳がある、大きい足音……！

「サクラよ、おじいちゃまが帰ったぞ！」

「じいじ！」

皇帝陛下だった。

「んふふふ、少し背が伸びたかの？」

義父と義息子、すでに思考が似通っている。

おそらく、孫に会いたい一心で小走りでやってきた皇帝陛下を追いかけて、腹心三人組がやってくる。リリィさん、アインツさん、ノアルさん――全員、ちょっとお疲れの様子だ。

先日の拝塵教団《はいじんきょうだん》の摘発についての報告会が終わったばかりなのだろう。

やれやれという顔をしたリリィさんが最初に部屋に入ってきた、その瞬間――

「あなたが、リリィ・フラムさん？」

「……あ？」

「私、あなたとじっくり語り合いたいことがありますの！」

がしっ、と両手でリリィさんの手を掴むお母さま。

新たな友情が芽生える予感！

そうこうしていると、残りの二人が陛下に苦言をこぼしながら近づいてきた。

「陛下、サクラ殿がお可愛いのはわかりますが……臣下たちの目がありますので、ご冷静に」

「ええ。今回ばかりはアインツ……いや、エーベルバッハ殿を支持します！」

「ありがとう、ノアル」

「な、馴れ馴れしいなエーベルバッハ殿！」

ぎこちない会話だ。お互いを意識しちゃっているのだろう、初々しいな。

というか、改めて見てみると、なんだか二人の距離が物理的にも近いような。

あれだ。会社の同僚がいつの間にかカップルになっていて、結婚報告をする数ヶ月前の距離感！

「ほほほっ、おぬしら。いつの間に名前で呼び合う仲になった？」

と、皇帝陛下《じいじ》が目を細めた。

さすが、するどい！

ノアルさんとアインツさんは、まさかのところから切り込まれて慌てている。

あわあわしている若人《わこうど》たちに満足したのか、おじいさまはニッコリ笑って、話題を変えた。

「……して、おぬしらに話さねばならんことがある」

あからさまにほっとするノアルさんとアインツさんであった。

それにしても、私たちに話さなくちゃいけないことって？　おじいさまにかわって、アインツさんが口を開く。

「先日、捕らえた拝塵教団《はいじんきょうだん》の関係者への尋問が完了したのです」

さすが、アインツさん。

私が帝都見学のために同行した部分だけを綺麗に伏せて、完結に説明をしてくれる。

「報告会で共有されたことをまとめると……先日、姉姫を呪い、陥れ、帝都大聖域に召喚された赤子、つまりサクラ殿を誘拐させた罪で幽閉されているキャサリン殿下とその夫であるフランツ殿下が……拝塵教団《はいじんきょうだん》の息がかかっている間者であることがわかりました」

（えぇっ！　それって、国の中枢にやばい宗教が入り込んでいたってことでは！）

深刻な顔で、おじいさまが唸る。

「うむ……おそらくは、有力な豪商の血筋から婿に迎えたフランツは、もとより拝塵教団《はいじんきょうだん》の手のものであったのだろう。そしてキャサリンを取り込み……もし、きゃつらの罪を暴けていなければ、被害は甚大なものになっていたに違いない」

そういえば、魔塵症《まじんしょう》が上流階級に流行し始めたタイミングと、お母さまが私を連れて家出したタイミング……つまりは、この帝都において妹姫であるキャサリンさんの存在感が増したタイミングが一致しているらしい。うん、ますます怪しいかも。

「まったく。まさか、あの日あなたがキャサリン殿下の呪いを見つけたことが、シャンガル帝国の危機を救うことに繋がっていたとは……」

と、ノアルさん。

……え、そうなりますか。

「やはり、サクラ殿は救国の聖女ですね」

と、アインツさん。

いやいや、勘弁してください！

「さっすがはサクラちゃんね」

「ああ、僕たちの自慢の娘だ！」

お父さまとお母さまにまでべたべたに褒められて、身の置き場がない。

結局、見かねたリリィさんが話をまとめてくれるまで、ベタ褒めのターンが続いたのだった。

第24話　新しい朝がきた！

なんだか、贅沢すぎるなあ。

潜入捜査から数日後の朝、目が覚めたまま自室のベッドでしみじみと私は思った。

孫にべた甘の皇帝陛下《おじいちゃま》に、第二の（いや、ことによると第三の？）人生を歩み始めた愛情たっぷりに育ててくれた両親……それだけでも恵まれているのに、最近は美形良血統騎士のアインツさんとミステリアス逞《たくま》しい美女のノアルさんのカップル（仮）まで、私を実の娘みたいに扱ってくれている。

すっかり平常運転になった図書館で、色々と本を読めるようになった。

お母さまがほぼ正式に皇室復帰し、お父さまが帝国の軍人としての職を得たので、娘である私も帝都図書館をひとりで使えるようになったわけだ。

しかも！　サクラにとって、かなりの朗報が舞い込んできた。

魔塵症《まじんしょう》の蔓延で閉鎖されていた、良家の子女や将来を担う才能が集う帝国最大の学院『神聖学院』の運営が再開するらしい。

（苦節……何年だ？　とにかく、ついに、のんびりまったり学院ライフを……！）

先日の拝塵教団《はいじんきょうだん》のセミナー潜入で捕らえられた信者や教団幹部たちへの『尋問』によって、色々とコトが動いているみたいだ。

宮廷魔導師さんたちの研究が進んで、魔塵《まじん》の無力化に成功したり魔塵症《まじんしょう》の予防や治療の方針が立ったりしてきたみたいだ。よかった、よかった。

そういうわけで。

私も『皇帝陛下の孫娘』として神聖学院に通うことになったのだ。

育児放棄に近いほど、多忙な親のかわりに家事と介護に明け暮れていた前世の学生時代に思い描いていた、ごく普通の学生生活を送るチャンスである！

……まあ、皇帝の血族が普通かどうかは、ちょっと審議が必要だけど。

なんだか、夢みたいだ。

「おはようございます、サクラ様」

「あ、メアリー。おはよう」

ベッドでごろごろしていると、メイドのメアリーが朝の支度をしに入ってくる。

顔を洗うための洗面器に、お湯がはってある。お湯にはいい匂いのする香油が垂らされていて、温度を保つための熱湯と水が入ったポットがそれぞれ準備されているわけだ。お姫様みたいな待遇だ……って、私、お姫様なんでした。

「メアリー、新作のしんちょくはどう？」

メアリーは王城で奉公をしているかたわら、貸本屋界隈《かいわい》でお姉様方に大人気のＢＬ小説『僕らの薔薇園』シリーズを書いている、覆面作家だ。

天才美少女宮廷魔導師のリリィ・フラムや、お母さま……つまりは、皇帝陛下の愛娘が愛読者である。

最近、この二人はかなり意気投合して読書会とか開いているみたいだ。

私はその読書会には出入禁止なので、内容の過激度は推して知るべしという感じだ。リリィさんは、私の中身がそれなりの年齢の成人女性だということはわかっているみたいだけれど……見た目は三歳児だしね。仕方ない。いつか大きくなったら読んでみようかな。

「進捗……」

メアリーが一瞬、表情を曇らせた。そして、私に悟りきったような笑みを浮かべて言う。

「サクラ様、世の中にはあまり触れないほうがいい話題というものもありますよ」

「ご、ごめんなしゃい」

進捗、ダメみたいです。

「執筆の進捗はともかく、色々と雑事がありましたので、数日お休みを頂戴しておりまして、失礼をいたしました」

「いえいえ！　ゆっくりできた？」

こちらも潜入捜査以降、色々と忙しくしていたのでちょうどよかった。

というか、労働基準法とかはない世界だろうけれど、それにしたって連勤が続いていると心配になってくるので、むしろ休暇はちゃんととってほしい。

「そうですね……聖女教というのが立ち上がっていて、すごく流行していました」

「ふーん、またしんこうしゅうきょー……って、せいじょきょう!?」

それって、まさか？

「詳細はわかりませんが、なんでも幼い少女の姿をした聖女が降臨して奇跡を起こしている——と触れ回る人たちがいるとか」

「えええ……」

王城の敷地内で保護観察していた拝塵教団《はいじんきょうだん》に騙されていた市民のみなさんは、つい先日解放されたそうだけれど……まさか、あの人たちが？

というか、それしか考えられない。

だって、私がうっかり大聖女としての魔力を使った現場にいたのはあの人たちだけだし……っていうか。

（っていうか、縋る対象が拝塵教団《はいじんきょうだん》から聖女サマに変わっただけじゃん！）

これは、気をつけないと私がバフと回復に優れた周回性能を持つ『過労死聖女』サクラであることがバレてしまう。

そうなれば、のんびりまったり第二の人生を満喫するという計画が水の泡だ。

せめて、せめて学校生活だけは……。

（せっかく使わせてもらってた隠匿水晶《ハーミット・ストーン》も、うっかり魔力大放出したときに壊しちゃったしな……）

大量に噴出した私の魔力の圧に耐えきれず、ノアルさんが貸してくれていた隠匿水晶《ハーミット・ストーン》の水晶部分が破損してしまったのだ。

のちにわかったのだけれど、けっこうな貴重品だったらしい……やってしまった。

ともかく、色々と気を引き締めて、身バレ防止につとめなくては。

サクラは決意を新たにして、メアリーが用意してくれた適温のお湯で顔を洗うのだった。

第25話　三守護神の見解

シャンガル帝国の三守護神。

現皇帝の懐刀でもある、三人の若き宮仕えはのちにこう呼ばれることになる。

騎士アインツ・フォン・エーベルバッハ。

魔術師リリィ・フラム。

隠密ノアル・シュヴァルツ。

帝国の宮仕えの官吏《かんり》を育成する、養成学校の同期だ。

世界の危機に際して帝都大聖域に召喚されるという、救世主――あるいは聖女が発見されたことに対して、彼らは危機感を募らせていた。

「……で、あいつの身柄はどうするんだ？」

十代前半の見た目をした宮廷魔導師が、気だるげに尋ねる。

金髪に紅の瞳。そして、右目を伸ばした前髪と眼帯で隠している。その奥にあるのは、さまざまな事象を見通す魔眼である。

クリスタルによる魔力鑑定などを、ゆうに上回る鑑定力。

失踪していた王女アマンダが連れて帰った少女サクラは……どう見ても、この世界の魔力とは異質な魔力を持っている。それも、ドデカいやつを。

「先日捕らえた拝塵教団《はいじんきょうだん》の幹部への尋問は、もうこのあたりが限界だろう」

答えたのは、ノアル・シュヴァルツだった。

東方からやってきた流浪の巫女と先代皇帝――非常にお盛んだった――の間にもうけられた子だと噂される、帝都隠密隊のエースだ。

戦闘能力も秀でており、隠密としての力量も十分。

そう、隠密隊……日向の『帝都シャガール騎士団』に対して、影の存在である隠密隊の仕事には尋問が含まれる。手段を問わない尋問である。

――要するに、拷問だ。

「限界って……」

うげ、とリリィが顔をしかめる。

つまりは、もう彼らはボロ雑巾も同然なのだろう。

シャガール騎士団の若き隊長、アインツ・フォン・エーベルバッハが気遣わしげにノアルに尋ねた。

「大変だったね、ノアル。……ところで、それはサクラ殿には」

「もちろん知らせてない。まだ子どもだ」

中身がどうあれ、見た目が三歳の少女――しかも、仮にも皇帝の孫娘である。

サクラに聞かせられる話ではない。

「そうか。サクラ殿には助けられているしね」

そもそも、拝塵教団《はいじんきょうだん》への潜入捜査が上手くいったのは、サクラの存在が大きかった。

幼い姿に、大人びた魂。そして、強大な白魔力。

「まったくな！　宮廷魔導師が総力挙げても作れなかった魔塵《まじん》の影響を打ち消す魔導具が、あいつの魔力を使った途端に、すーぐ完成しちまうんだからさ。まったく、嫌になるよ」

リリィが、やれやれと首を横に振る。

アインツが「そういえば」とさらに尋ねる。

「なんでも、魔塵症《まじんしょう》の治療にも光明が見えたとか」

「ああ、そのあたりは別口で研究を進めてるみたいだが……例の潜入現場で、サクラの魔力が作用した信者たちに、魔塵症《まじんしょう》の症状後退が見られたらしいぜ」

「すごいな……」

リリィが、にまぁっと意地悪く笑う。

サクラから例の魔力暴発について、すでに聞かされていた。

「いやあ、あれだけ周りをヤキモキさせ続けてたお前らが、現場でアツい愛の一幕を演じてくれたからこそだな？」

「なっ！」

「り、リリィ！　別に僕らはいちゃついていたわけでは！」

「あたしはそこまで言ってないけど？」

年上の友人たちを揶揄《からか》うのは、リリィの趣味だ。

「……で、魔塵症《まじんしょう》の蔓延のせいで閉鎖中の施設が、近々再稼働する予定だそうだ。神聖学院も、対象に含まれてる」

ノアルが腕組みをする。

「……サクラ殿は、おそらく神聖学院に入学することになるだろうな」

アインツが、「それはいい！」と笑顔を見せる。

「へえ。彼女、たしか学校に通ってみたいと言っていたよね。ちょうどいい」

「ばーか。さすが名門エーベルバッハ公爵のご子息はほんわか頭だぜ」

「えっ」

どうして、とアインツが首を捻る。

「要するに、サクラの囲い込みにかかってんだよ」

「誰が……？」

「貴族どもだよ」

アインツが息を呑む。

彼が一番身に染みてわかっていることだが、帝国貴族は一枚岩ではない。

おのれの利益のために、サクラに近づく人間もいるだろう。

癒やしと祝福を司る、救世の聖女……帝都大聖域から連れ去られた赤子がサクラであることは、現状は機密事項として扱われている。

けれど、噂というのはどうしてもどこからか漏れてしまうものだ。

さらに言えば——

「先日、姉に不妊の呪いをかけ、そそのかして帝都大聖域の赤子を連れ去る指示をした疑いで捕縛された、妹姫キャサリンとその夫に……拝塵教団《はいじんきょうだん》の息がかかっていた」

「ってことは」

「……なるほど、他の貴族も、油断ならないということか」

アインツが、大きく溜息をついた。

「だから、あの人たちは嫌なんだよ」

心根がまっすぐな青年である。

だからこそ、分け隔てなくノアル・シュヴァルツの好敵手として青春を過ごし――気難しい天才少女魔術師リリィ・フラムとも、こうして交流を続けているわけだけれど。

「といっても、あいつはまだ三歳のがきんちょだ。今すぐ入学ってわけにもいかんだろう」

「とりあえず、サクラ殿には、それとなく忠告をしておかなくてはな」

ノアルの言葉に、二人がそれぞれに頷いた。

第26話　学生生活カムアゲイン

それから数日後の朝、アインツさんがやってきて、嬉しいニュースを告げた。

「……というわけで、サクラ殿におかれましては神聖学院へのご入学をお願いいたします」

きた、きた。

きました……学生生活カムアゲイン！　私は思わず両手を握りしめて、天高く突き上げる。

「たのちみっ！」

「前向きでけっこうなことですね」

にこやかなアインツさん。

私が隠匿水晶《ハーミット・ストーン》を破壊してしまったせいで、隠密の仕事ができないというノアルさんは、今は私の護衛という形で一緒に過ごしてくれている。

お母さまも相変わらずお忙しいし、お父さまに至っては騎士団の一員として宿直業務もあるみたいなので、日中一緒にいてくれる人は心強い。

かなり王城での生活にも慣れてきたけれど、やっぱりちょっと不便はある。高いところのものをとりたいときとか、特にひとりだと心細いのだ。

メアリーさんも、最近は執筆が佳境みたいだしね。

「サクラ殿は、シャンガルの学校制度についてはご存じですか？」

「としょかんでわかったことくらいは！」

まず、義務教育というものは存在しない。

ある程度、裕福な家の出身だったり有望だったりする子どもが「学院」と呼ばれる場所で学ぶことになっている——なんでも一般的には、六歳から十五歳くらいまでが学生として過ごす期間らしい。

卒業後は、家業を継いだり職業学校に進んで宮廷仕えを目指したり……貴族の出身ならば本格的な社交界デビューをしたり。

（つまり私は、通常よりもちょっと早く入学するってことかー。まあ、いいけど）

神聖学院は帝国の最高峰。六歳前後で入学して、十八歳まで長期的に教育を受けることができる。

それだけの時間を学業に費やせるのは、上流階級の証なのだとか。

余裕のある一般庶民は、近所の手習い処みたいなところで勉強をするけれど、そうでなければ学生という身分を一度も経験しない人も多いらしい。

一般的な読み書き、そして簡単な計算能力をひろく国民が持っていることが国力向上に繋がる……という考えは基本的には「ない」みたいだ。

まあ、身分制度があるんだからそうだよね。

私が通っている帝都図書館も、施設の立派さに比べると人出もまばらだったし。

うーん、でも『読み書きそろばん』くらいは……と、まあ、これは現代人の感覚。

神聖学院の仕組みは、だいたい六歳から十二歳までの「下級《エレメンタリ》」では総合的な学習やマナーを男女混合で学ぶ。

そのあと、十六歳までの「上級《シニア》」で専門的な教育あるいは高度な教養教育が行われる……特に上級《シニア》は、ミニチュア社交界とか呼ばれていて、シャンガル帝国の上流階級の縮図といわれているらしい。

一応、庶民に学問が許されていないわけではない。

商人の子どもなんかは、仕事のために読み書きや計算を習う。

簡単な読み書きの普及率は悪くなくて、だからこそ貸本屋さんが田舎の村まで回ってきてくれるわけだ。市井の研究者なんかも、そこそこいるみたい。

なんて感じで。

今のところ私がわかっている学校についての知識を、つらつらと並べる。

「すばらしい、大枠は完璧です」

アインツさんに褒められた、やったね！　伊達《だて》に図書館通いをしているわけではないのだ。

聖女についての伝承もある程度は情報を仕入れられたし、帝都図書館様々だ。

「サクラ殿の年齢は？」

「さんさいか、よんしゃい」

たぶん、それくらい。

「ふむ……アマンダ姉姫殿下とともに帝都大聖域から赤子が消えた頃から、そうなるか」

「となると、数年後に下級《エレメンタリ》に入学ということになるね」

個人的には、なるべく長く学校に通いたいので、下の学年から入学するほうが助かる。

もう人間関係ができあがっている教室に入っていくのって……ハードルが高すぎるしね……。

「ひとつ問題があるとすれば、キャサリン妹姫殿下の子が、同じ学年になる可能性もあります」

「ええっ！」

キャサリンさんはお母さまの腹違いの妹で、拝塵教団《はいじんきょうだん》と繋がりがあったという……。

そういうのって、親が捕縛された段階で子どもも追放されるんじゃないんですかね？

まあ、子どもには罪はないけど……さすがに同級生は気まずい。

「キャサリン殿下の子は、すでに養子に出されていますが……神聖学院に入学する可能性も、十分にあるかと」

「はー、かんだいなんでしゅね」

「成り立ちからして、神聖学院はあらゆる国から独立した組織です。今はシャンガル帝国の上流階級の子女が多く通っていますが、帝国外からの留学生も受け入れています。学校内部は、究極的には皇帝陛下すらも口出しができないのですよ」

「へええ！」

「神聖学院の校舎や寮は、もとはシャンガル帝国の前身である旧王国の城ですし」

なるほど。かなり歴史ある学校ってことなのね。

というか、旧王国のお城が校舎とか、豪華だ……でも、幽霊とか出そうで嫌だな。

誰も居ないオフィスで終電後に残業していたときに、何度か変な体験をしているのでおばけは勘弁してほしい。シンプルに、心霊現象は怖い。

アインツさんが、「そうそう」と続ける。

「あなたの聖なる魔力についての情報が、街中で噂になっています……あなたがその魔力を発した張本人だとは、絶対にバレないようにしてください」

「げっ」

そうだった。

街中で、けっこうな魔力の暴発を……って、あなたたち二人があんまりじれったい中学生みたいな恋愛してるから、つい！

「神聖学院のセキュリティは王城以上とも言われていますし、入学まで時間もあります。噂のほうも隠密隊が火消しにつとめていますが……人の口には戸を立てられませんから」

「うぐぅ……」

「サクラ殿に取り入ろうとする者も出るかと」

「うわあああ！」

面倒くさい人間関係！　さいあくだ……ほんわか学院編希望です……。

「ただ、少なくとも現状は……サクラ殿にこれ以上の負担はかけられませんから、皇帝陛下の孫娘であろうことは伏せて入学できるように手配いたします」

「そ、そうなの？」

涙目の私に、ノアルさんが大きく頷いた。

「ええ、ただでさえ、あなたが例の魔力の持ち主……『帝都大聖域』に召喚された聖女だということが知られたら面倒なのに、王族に取り入ろうとする小ずるい人間まで寄ってこられたら、たまりませんから」

言葉にされると、破壊力がすごい。

私の学校生活、どうなっちゃうのだろう。

……とはいえ、身分さえ隠し通せば、のんびりでほんわかな学校生活が待っているはず。

私はグッと拳を握った。頑張るぞ。決意を新たにした、そのとき。

コンコン、とドアがノックされた。

「……サクラちゃん？」

「おかあさま！」

「やあ、話は終わったかい？」

「おとうさまも！」

多忙な二人が、寄り添ってやってきた。

家族の時間を大切にしてくれている二人だけれど、こんなに早い時間にやってくるなんて珍しい。まだ、夕方にもなっていない。

ノアルさんとアインツさんが、華麗な所作で一礼をした。

アマンダ殿下ことお母さまは、このお城において皇帝陛下《おじいちゃま》の次に身分が高いわけだ。

「サクラちゃんと一緒に行きたいところがあるの」

「いきたい、ところ？」

「ああ……僕らが君と出会った場所だよ」

それって、つまり。

帝都大聖域。

――異世界から、この世を救う赤子が召喚される場所だ。

◆

お忍び用の馬車に乗り込んで、帝都大聖域に向かった。

まあ、お忍びといっても、たくさんの護衛が周囲を固めているから、バレバレだと思うけど。

私はお母さまと一緒に馬車に乗り込んで、お父さまは馬車の近くを騎馬で護衛する係として随行した……一応、まだ二人には大きな身分差があるわけだ。

……というか、ここまで厳格に身分差があるのを目の当たりにすると、すごい覚悟で駆け落ちをしたんだなぁと感心する。

北の村は、帝都とは比べものにならないくらいの田舎だった。

お母さまは子どもたちに読み書きを教える他にも、私たちの家が食べる分の畑の手入れなんかもしていたし、炊事洗濯も含めて家のことは何でも自分でやっていた。

それって、並大抵のことではない。

使用人やメイドたちがなんでもやってくれる生活を捨ててでも、お父さまと一緒にいたかったんだな……。

「ほら。サクラちゃん、見えてきたわよ」

王城から出てから、さほど馬車を走らせないうちに周囲を高い柵で封鎖された岩場が出てきた。

ここが帝都の町外れだ。

切り立った岩場が、左右にそびえ立っている。

その間を切り裂くように、洞窟の入り口がある。

――帝都大聖域。

この世界が窮地に陥ったときに、異世界からの救世者が召喚される聖地だ。

帝都の中に聖域がある……というと変な感じがするけれど、順序が逆なのだ。

シャンガル帝国を建てた初代皇帝は、この「大聖域」を手にしたことでこの大陸すべての領地を統べる皇帝としての地位を不動のものとした……らしい。

まず、大聖域を監視し、守るために、周囲に軍隊が駐屯した。

軍隊が駐屯すると、周囲に軍人向けの店ができる。

軍人向けの店で働く人間が暮らすためには……こうして、街ができて、そこが都となり、大聖域を囲む帝都となった。

この場所に都ができてから、帝都大聖域に異世界から英雄がやってきた記録はまだない。図書館の本に残されてる、伝承や古諺《こげん》はあるけれど……。

「わたちが、ここに……？」

「そうよ、あなたはほんの小さな赤ちゃんで、この場所にいたのね。それで――」

お母さまは、そこで言葉を呑んだ。

三年前。前世で過労死した私は、どういうわけかこの帝都大聖域で赤ん坊として転生した。まだほにゃほにゃの赤ちゃんだった私は、そのときの記憶はないけれど……そして、お母さまは妹姫のキャサリンさん（と、おそらくその背後にいた拝塵教団《はいじんきょうだん》）にそそのかされて、大切な『異世界からの転生者』である私を連れてお父さまと一緒に駆け落ちをしたのだ。

「そろそろ着くわね」

さすが、皇族の馬車。

顔パス状態で帝都大聖域を守っている衛兵たちが門を開いてくれた。

馬車が停まって、扉が開く。

お父さまが両手を広げて立っていた。

私は、田舎に住んでいたときのようにお父さまに飛びつく。

ぎゅう、と抱きしめてくれる腕の力強さに、たっぷりの愛情を感じる。

「さあ、お姫様。こっちだよ」

お父さまは、右腕に私を抱いて、左手でお母さまをエスコートする。

しゃんと伸びた背筋は、すっかり「騎士様」という感じだ。

帝都大聖域の警護をしている衛兵たちが、私たちをビシッと一糸乱れぬ敬礼で出迎えてくれた――この岩場の奥が、「帝都大聖域」かぁ。


お父さまとお母さまは、私を連れて岩場の間を歩いていく。

「足元に気をつけてね、サクラちゃん」

「あいっ」

まったく知らない場所なのに、なんだか懐かしい……ような気がする。

暗い洞窟を、奥へ奥へと歩いていくと、ぼんやりとした青い光が見えてきた。

ひらけた場所。

地面に刻まれた大きな魔法陣。

よく見ると、ただの魔法陣ではない。

小さな魔法陣をいくつも繋ぎ合わせて、繋いで、繋いで、ひとつの大きな魔法陣を構築しているみたいだ。なんて、綺麗なんだろう。緻密だ。

――これは、すごい！

……といっても、私に魔法とか魔術のことはわからない。

具体的にどうすごいかは、さっぱりわからないけれど、とにかくすごいことだけはわかる。たしか、帝都大聖域の魔法陣は、伝承では誰が描いたかもわからないロストテクノロジーらしい。

世界に危機が迫ると、異世界から「英雄」を召喚するという魔法陣だ。

さて。

魔法陣の中心には、小さな祠がある。

……ん？

（んんん、あれって？）

小さな祠だ。

しかも、ボロい。

そしてなぜか、和の心を感じる。

私の脳裏に、しばらく忘れていた前世の記憶が蘇《よみがえ》った。

そうだ、この祠は――

（う、うちの近くの祠だーーーーっ！）

大好きな祖父が大事にしていた、小さな祠。

団地ができて、ついに誰にも顧みられなくなってしまった祠を掃除するのが日課だった。ブラック労働と祖父の介護に家事でふらふらでも、最後まで放棄することはできなかった……楽しかった「おじいちゃんとの思い出」だったから。

苦労ばかりの前世だった。

家族の楽しい思い出なんて、ほとんどなくて。

唯一、優しくしてくれた祖父が弱っていくのを見ていることしかできなかった。

(どうして、この祠が？)

不思議に思って、じっと祠を見つめていると。

「ここに、あなたがいたのよ」

懐かしそうに、お母さまが呟いた。

「といっても、私は直接は見てないけどね」

「……アマンダが、俺に言ったんだ。『一緒に、遠くの村で暮らそう』って。名案だと思った。俺みたいな一介の狩人が、お姫様と一緒になるなんてできないからね」

「それに、私はね――子どもができない身体だと、お医者様に言われていたの」

そうだ。第二王女キャサリンさんの呪い。

お母さまには、不妊の呪いがかけられていた……といっても、私がモヤモヤを握りつぶしたら、その呪いも粉砕されちゃったのだけれど。

「計画していた駆け落ちが近くなったある日……私に手を貸してくれていた使用人が私に言ったの。聖なる日に生まれた、親のいない赤ん坊がいるって……その子を連れていくといいって」

「それが、わたち？」

「ああ、そうだ」

お父さまが頷く。

「アマンダは子どもを欲しがっていた。だから、俺は、絶対にその赤ん坊を連れていこうと決めたんだ……結局、それは帝都大聖域に召喚された大聖女である君をなかったことにするための策略だったってことだが」

邪魔な姉夫婦がいなくなるついでに、帝都大聖域に召喚された私も帝都から遠ざけてしまおう……もしもバレたときに、お母さまとお父さまが罪人になるように仕組んだというわけだ。

「だまされちゃったんだね」

私がぽつりと言うと、お母さまとお父さまは驚いたように私を見下ろした。

「サクラ、一応言っておくけれど……俺たちはね、彼らに感謝しているくらいなんだよ」

「え？」

「こんなに可愛くて大切な宝物と出会えたのよ？」

お父さまが、私を抱き上げてくれる。

北の村にいたときよりも、ずっと逞しい腕だ。

狩りや農作業に従事していたから、もともと筋肉質だったのに――どれだけ一生懸命に、訓練に取り組んでいるのだろうか。

お母さまが、優しく呟く。

「結果として、こうして王室に戻れたけれど……もし、投獄されていたとしても、放逐されていたとしても——あなたを育てたことに後悔なんてないの」

「……おかあしゃま」

「ああ。あの村で過ごした日々は、父さんと母さんの宝物だ。何ものにも代えがたい、宝物なんだ」

「おとうしゃま……っ」

じわ、と涙が浮かんでしまった。

いけない。こんな、お約束通りのお涙頂戴展開で泣くなんて。

この二人は、なんてお人好しなんだろう。

逃亡中の身でありながら、他人の借金を肩代わりしてしまうくらいなのだ。そりゃあ、お人好しに決まっているけれど。

「……帝都大聖域に、あなたが来てくれたことに感謝しなくちゃね」

そうか。

私がやってきた場所を、見せたかったんだ。

「サクラちゃん」

お母さまが微笑む。

「私たちの子になってくれて、ありがとう」

ぎゅう、と抱きしめられた。

正直、お姫様に返り咲いたお母さまにとって私はもう邪魔なのかなと思っていた。いや、冷静に考えたらお母さまもお父さまも、そんな酷い人ではないのは分かりきっているのに。

「寂しい思い、していないか?」

こく、と頷いた。

幸い、私には帝都にやってきてからたくさんの友達ができた。

ノアルさん、アインツさん、リリィさん。メイドのメアリー。

皇帝陛下《おじいちゃま》だって、時間を見つけては（ちょっと鬱陶しいまでに）私にかまってくれる。

だから、忘れていたけれど。

この世界にやってきて、誰よりも私のことを思ってくれていたのはお父さまとお母さまだった――。

（そっか、私はここにやってきたから……二人の子どもになれたんだ）

感慨深い気持ちで、淡い光を放つ魔法陣を眺めていると。

魔法陣が、光り出した。

ぺかーっと、まばゆいまでに輝きだした。

（祠が光ってる⁉）

お父さまが、私を守るようにして覆い被さる。

「ちょ、ま！　なにがおきてるの！」

「一度退こう、アマンダこっちへ――」

私の耳に、何かが聞こえた。

遠くから、近くから。何かを私に告げている。

『……聖女レベル、アップ』

たしかに、そう聞こえた。

せいじょれべる、あっぷ。なんだそれは。

そう思った瞬間に、不思議な光は消えていた。

「なんだったのかしら、今のは……って、サクラちゃん⁉」

私を見たお母さまが、悲鳴を上げた。

「その紋章は……？」

「もんしょう？」

お母さまの視線をたどって、自分の右手を見る。

なんか、すごいかっこいい紋章が浮かび上がっていた。

（こ、こ、これ……何⁉）

右手に、かっこいい紋章。

前世の遠い記憶をたどる。

大人気ソシャゲの超高性能キャラ『サクラ』のキャラデザに、こんなのありませんでしたか？

第27話　聖女の紋章

「間違いねーよ、これは『聖女の紋章』だ。いくつかの文献と一致する」

私の右手に刻まれた紋章を見て、リリィが即答した。

帝都大聖域から帰ってすぐに、私の身に起きたことを明らかにしようと宮廷魔導師であるリリィが呼び出されたのだ。

この城にやってきた日以降、私の存在はなるべく外に漏れないようにしてくれているので、必然的に対応する人材は限られてくるというわけだ。

「う、うそ……なんでいまさら……」

優秀すぎるバフ捲《ま》きスキルと回復スキルを保有している聖女キャラに転生してからこちら、過労死ルートを回避するために生きてきたつもりだ。

今まで、それなりに上手にやってきたつもりだけれど——なんでこんな刻印が！　デジタル・タトゥーだ、いや、デジタルではないから純粋なタトゥーだ。

「これじゃ、おんせんにもはいれない！」

刺青やタトゥーのあるかたのご入浴は遠慮願います。

ああ、おしまいだ。

いや、温泉に行く予定もないのだけれど……っていうか、この世界に温泉ってあるのだろうか。ないよね。普段、庶民はたらいに張った水やぬるま湯で身体を清潔に保つくらいだし。

さすがに王城には浴室もあるけれど、いわゆる大浴場や温泉施設はない……たぶん、そういう文化がないんだろう。

「オンセン？」

「こっちのはなしですぅ」

私はすっかり意気消沈してしまった。

こんなものが手に刻まれていたら、見る人が見たら私が聖女だとわかってしまうだろう。

「わ、わたしのおだかやな……がっこうせいかつが……」

心配そうに見ていたお母さまが、たまらずに声をあげる。

「あ、あの……リリィちゃん。サクラちゃんの身体は大丈夫ということかしら？」

「ん、それは心配ない。『僕らの薔薇園』でいえば、ラ・マンチャの背中から羽生えたみたいなことだなー」

「ああ！　なるほど、そういうことなら、ひとまず安心ですね！」

わ、わかんない！　全然、わかんない！『僕らの薔薇園』というのは、リリィとお母さまの共通の趣味である、人気BL小説だ。ちなみに、そのシリーズの著者が城で働いているメイドのメアリーだったということがわかって、二人は大興奮だった。

メアリーのほうは、最初はやりにくそうだったけれど、今は読者の生の反応が貰えることが張り合いになっているようで、執筆のペースもあがっているとか。

「アルバスが切り落とした羽の痕を撫でるシーン……いいですよね……」

「そうなんだよ、ラ・マンチャが背を向けるのって信頼の証でもあり、撫でてほしいっていうおねだりの気持ちでもあり！」

「そう、そうなのよリリィちゃん！」

オタク二人が、固く握手をしている。

うーん。なんだか、疎外感！

「とにかく、サクラちゃんの身体に害がないならよかったけれど……本当に驚いたわ」

ふぅ、とお母さまが溜息をついた。

学校生活のことは少し心配だけれど、呪いの刻印とか淫紋とかじゃなくて本当によかった……。

「とにかく、もう遅いわね。サクラちゃん、ひとりで眠れそう？」

「もちろん！　わたし、もう――」

もう子どもじゃない、と言おうとして思いとどまる。

私、まだまだ子どもだわ。

◆

その日の夜。

図書館から借りてきた本を読んで、枕元の灯りを消した。

ぬくぬくと羽毛布団に潜り込んで眠りにおちる。

普段ならば、私は夢も見ないで朝までぐっすりと眠り通してしまう。

けれど、その日は違った。

（ここは……？）

靄のかかった、神社の境内だった。

そこには、小さな人が立っていた。

口角のきゅっと跳ね上がった小生意気な口元に、勝ち気な瞳。白く輝く銀髪はウェーブがかかってあちこち跳ねている。

少年のような、少女のような風貌。巫女服のようなものを着た、不思議な子どもだ。

私に小さく手を振って、呆れたように言った。

「まったく……『おしるし』の発現なんて、本当だったらもっと小さいうちに済ましておくつもりだったのに」

ほわほわとエコーのかかったように響く声。

ここが夢の中なのか、それとも目の前にいる人が特殊な存在だからなのか。

「おしるしって……この手の紋章のこと？」

あれ、舌が回る。

気がつくと、私は幼い聖女ではなくて、成長した『過労死聖女』になっていた。

うわあ、ナイスバディ！

「ふふふん、驚いているな。ここは夢と現《うつつ》の境だよ。私のような消えかけの神もどきも、こうしておまえと話ができる」

「か、神⁉」

「気がつかなかったのか？　毎朝、あんなによくしてくれていたのに」

境内の奥にある、神社の本殿をよく見る。

……あの小さな祠だ。

サイズが大きくなっているけれど、帝都大聖域にあったあの祠――つまり、私が前世で毎日きれいに掃除をして、手を合わせていた祠だ。

大好きだった祖父が大切にしていた守り神。

祖父が体を壊してからは、私だけしか気にとめていなかったみたいだけれど……。

「あの祠の神様⁉」

「ああ、そうだ。おまえには恩がある」

にこり、と神様は笑った。

それから、あれこれと話をした。

つまりは、この神様が私をこの世界に転生させてくれたらしい――生まれなおしたい、という私の願いに応える形で。

「おしるしがあれば、もっと色々すごいことができるようになるぞ」

「できなくていいんですが……」

「それじゃ、見てて面白くないだろ」

小さな神様は「何、当たり前のこと言わせとんねん」という表情で言った。

ほう。面白くないとな？

「おまえには恩がある。我らのような小さな神は、敬ってくれる人間がいなければ存在を続けられない……お前がいたから、あのボロ祠の主である私がこうして長らえているわけだ」

「は、はぁ」

それはよかった。私は祖父《じいちゃん》の言いつけを守っていただけだけどね。

「だが、そんなおまえが死んだだろ？　こっちももう長くない……というわけで、色々と裏技を使って、お前を異世界《こっち》に送ったわけ」

「ほ、ほおお？」

「おまえの活躍を眺めながら、消えるまでの暇つぶしをしようと思ってたわけ。で、あわよくば、我ごとこっちに引っ越そうと思っていたのだよ……異世界《こっち》で上手いこと人の信仰を得てな」

なるほど、神様の考えることはわからない。

とにかく、この小さな神様は私の活躍を、団地の片隅の祠から配信者の実況動画よろしく鑑賞していたらしい。

「でな、その紋章は我からのぷれぜんとだったわけだ」

「プレゼント？　どういうこと？」

「莫大《ばくだい》な力を操るには、そういう『媒《なかだち》』が必要だ。ほりゃ、巫女は幣《ぬさ》を振り回すし、まほーつかいは杖をにぎってるだろ」

なるほど。言われてみれば、たしかにそうだ。

私は右手の紋章を眺める。明らかに三歳児の手には似つかわしくないタトゥー感。デザインがそこそこかっこいいのだけが救いだ。

「今まで自分の意志で力を使うことはできなかっただろう。これからは、訓練次第で力を上手く使うことができるはずだ」

がんばれ、と小さな神様は親指を立てた。

神様もサムズアップするんだな。

「というわけで、今後のさらなる活躍を期待しておるぞ～」

「ええ、ちょっと……せめて使い方とか！　チュートリアルとか！」

「それを見つけるのに、試行錯誤してるのを見るのも面白いんだって」

「えええええ～！」

なんて神様だ！　いや、セカンドライフをくれたのは嬉しいけれど。

「……それじゃ、そろそろ目覚める時間だ。サクラ」

小さな神様は言った。

周囲がキラキラと、朝日のように輝き始める。

「ちょっと待ってってって！」

「なんだ、しつこいな」

「あの祠、昔みたいにお掃除してもいいですか！」

「……え？」

私の提案に、小さな神様はポカンと口を開けた。

「べつに、そんなことしなくてもいいのだぞ」

「したいから、するの！」

この神様が、私を転生させてくれたらしい。

それにあの祠がなかったら、私の前世はもっと早くに終わっていた気がする。

毎日、日常から切り離された作業をすることは大事だ。

たとえば丁寧にコーヒーを淹《い》れる時間を持つことはできなかったけれど、私にとってのそういう時間は、団地の片隅の祠を掃除する瞬間だったのだ——祖父《じいちゃん》との絆を、ちょっとは感じられたし。

だから、そのちょっとした御礼だ。

「……そりゃ、好きにしたらいいが」

「ありがとう！」

私は、小さな神様に手を振った。

身体が大人のサイズなので、思ったよりもぶんぶん手を振り回す、馬鹿みたいな動きになってしまったけれど……神様が楽しそうに笑っていたから、ヨシとしよう。

第28話　大聖女、覚醒

目が覚める。

今日は晴れだ、とっても晴れている。

右手には、やっぱり紋章が刻まれているけれど……まあ、爽やかな朝だろう。

昨日の夜に思い出したのだけれど、『ファンタジック・フェアリー・ゲート』のチート級キャラクター、サクラの右手にも何か紋章的なものが刻まれていたような気がする。

(むぅ、自分の意志で魔力を使えるようになるって言ってたけど……)

真っ白い光に、ブラウザのウィンドウっぽいエフェクト。

今まで、うっかり発揮してしまった大聖女パワーを思い出す。

「……おおおっ」

右手の紋章が、じわっと温かくなる。

指先が光って、ブラウザのウィンドウが出現していた。

(ブラウザに何か表示されてる……！)

今まではなかったものだ。

横三列、縦四段。これはあれじゃないか。スマホの文字入力板。

え、なに。魔法ってこんな感じなの？

まあ、高度に発達した科学はうんにゃらかんにゃら……とか言うけど。（※魔法と区別がつかな

い。たしかにスマホって昔の人からすると魔法感ある）

ふむ、と私は考える。

ブラウザの表面には、検索用の入力欄のようなものが表示されている。

っていうか、絶対そうだよね。カーソルっぽいのが、ぴこぴこ点滅してるし。

（えーっと……とりあえずフリック入力してみるか……）

人差し指をかざして、光のブラウザにかざす。

試しに「か」行を指差すとちゃんと反応した。

私は、そのままフリック入力の要領で腕を動かす。ブラウザがわりと大きめのテレビモニターくらいのサイズなので、けっこう大変だ。

「か」、「い」、「ふ」、「く」

（『回復』っと）

ててて、と入力して、現れた決定ボタンに触れると……。

——体力回復《ヒール》
——精神回復《チャージ》
——集中力回復《リフレッシュ》

などなど、『回復』にまつわる魔法が羅列されている。

（おおお、やっぱり検索画面だったか。この中から選べるんだ！）

感動した。今までも、何度か自分の魔力を使ったことはあるけれど、どれも暴発って感じだった。このままだと、人前でうっかり過労死聖女パワーを見せつけてしまって、私が大聖女だってバレてしまうのでは……と心配していた。

そうなったら、平穏な生活なんて水の泡だし、皇帝陛下たちの配慮も水の泡だもの。

小さな神様の言うとおり、これで魔力の扱いが自由自在だ。

暴発のリスクは、かなり減るだろう。

検索して、術の種類を選んで……と、手順は面倒だけれど、それは問題ない。そんなにしょっちゅう魔力を使う事態にならないほうがいいんだもん。

もしかしたら、そのうちショートカット登録とかできるようになるかもしれないし。

神様から貰った紋章の効果に、私がひとしきり感心していると――。

「おはようございます、サクラ様」

「あ、メアリーしゃん」

メイドのメアリーが、朝の洗顔セットを持ってきてくれた。

お湯と水をいい感じにブレンドして、ちょうどいい温度のぬるま湯を作ってくれる。朝からいい気分。やっぱり、しごできメイドさんは朝からひと味違うのだ。

……だが、今はそれはどうでもいい。

メアリーさんの顔に、異変が起きているのだ。

一言でいえば、ものすごく顔色が悪かった。

「しゅ、しゅごいクマ」

「……申し訳ございません。昨夜は筆が乗ってしまいまして」

さすが、人気BL小説の作者。

メイドとして働きながらも、作品の続きをガンガン書いているらしい。お母さまやリリィさんが、
顔を合わせるたびに「新作は……」とそわそわしているからだろう。やっぱり、読者の反応が直に
見えるとやる気になるものらしい。

だからって、無理しすぎだ。

顔色も悪いし、なんだかふらついている。

あ、そうだ。私は右手の紋章に意識を集中して、ウィンドウを開く。

（今こそ、魔力の使いどきだよね。よーし……『体力回復《ヒール》』！）

たん、と光のウィンドウをタップする。

その瞬間に、複数のウィンドウが立ち上がっては消えていく。


——体力回復《ヒール》、実行します。


白い光が、メアリーさんを包む。

途端にメアリーさんの顔色がよくなった。

「おや……？　なんだか、体調がよくなってきました」

（おお！　今のが、魔法！）

初めて自分の意志で使った魔法に、興奮してしまう。

「過労死聖女」になるくらいなら強大な力なんていらないけれど——超常の力を使えるというのは、なかなか楽しい。しかも、周囲の人を癒やしたり、強化《バフ》を撒いたりできるのだ。これはいい。

「ふふっ」

「……？　ご機嫌ですね、サクラ様」

「うんっ」

メアリーさんにはいつもお世話になっているから、これくらいはサービスさせてください。

『僕らの薔薇園』シリーズの続き、きっとお母さまやリリィさんをはじめ多くのファンが読みたがっているだろうからね。

◆

(さて、と……この紋章について、色々と試しておいたほうがいいよね)

朝食後、お城の庭を歩きながら右手の紋章を眺める。

うーん。かなりくっきり刻まれているな。

色々と魔法がリストアップされていたから、効果を試しておきたいところだ。

体力回復《ヒール》については、メアリーさんのおかげで疲労回復にも効果がバッチリだとわかっている。

(病気とか外傷とかにも効くのかな？)

私がこちらの世界で目覚めた日に、お父さまの切り傷を治したのを思い出す。

一応、理屈の上ではできるはずだけれど……試してみないと、効果の程はわからない。

とはいえ、わざわざ自分で怪我をするのも嫌だ。

どこかに、手頃な怪我人はいないだろうか、なんて物騒なことを考えていると。

「誰か！　医師を呼んでくれ！」

庭の向こうで騒ぎが起きた。

（たしか、あっちは練兵場のはずだよね？）

急いで駆けつける。

どうやら、騎士団の訓練で怪我人が出てしまったようだ。

若手の騎士が、苦しそうにうずくまっている。

「何があったんだ？」

「どうやら、運んでいた資材を足の上に落としたらしく……小指を直撃したようで」

言葉も発せない若手騎士のかわりに、同僚が説明をしている。

（うわぁ、痛そう……）

「さらに、反射的にかがんだ彼に躓《つまず》いた者が、転んだ拍子に鉄剣を運搬していた兵士を突き飛ばしまして……落とした鉄剣が滑っていって、こいつのスネに直撃。さらに、慌てた同期が、こいつを助け起こそうとして……鼻の頭にグーパンチをお見舞いしたらしく」

かわいそうに。不幸のピタゴ●スイッチだ。

よく見ると、若手騎士は大量の鼻血を流している。

「ど、どうしてそんなことに」

「ず、ずびばぜん」

指導役の騎士が、ちょっとドン引きしている。

気持ちはわかる気がする。

城の中を警備する、いわゆる衛兵だ。つまりは、けっこうな美形が採用されている。

美形の若手騎士が、目の周りに青痣《あおあざ》をつくり、泣きながら鼻血を噴き出している……余計に哀れっぽい感じだ。いや、もしかしたら特定層の性癖にぶっささるのかも。

指導役の騎士が大きな溜息をつく。

「医師と、それから隊長をお呼びしろ……事故報告をしなくては」

あちゃあ……これは現場責任者にとっては、胃の痛い事故だろう。

でも、労災を隠さないだけマシかもしれない。

……とにかく。

私にとっては、絶好の機会だ。

植え込みの陰に隠れたままで、私は聖女の魔力を起動する。

右手の赤い紋章が淡く光り、ブラウザのウィンドウっぽいものが現れた。

フリック入力で、やりたい魔術を検索する。

す、す、す……と、虚空に向かって腕を動かす。なんか、これってちょっと印を切っているみたいな動きだな。すごくファンタジーっぽい。やってることはフリック入力なのに。

まあ、いいか。

私は気を取り直して、若手騎士の治療を開始する。

（えーっと、『回復』で検索して……この場合は体力回復《ヒール》でいいのかな？）

ゲームのステータスでいえば、ＨＰの項目ってことになるのかな。

光のウィンドウに現れた「実行」をタップする。

すると、私の右手が光り始めた。

（おお、これはお父さまの怪我を治したときのやつ！）

試しに手を動かしてみると、光のカーソルっぽいものが出現した。

（む、対象を選べってことかな？）

メアリーさんで実験……じゃなかった、メアリーさんに日頃の恩返しをしたときには、部屋に彼女しかいなかったから、このカーソルが出現しなかったらしい。

（よし、いくぞ……体力回復《ヒール》っと！）

若手騎士にカーソルを合わせて、実行する。

痛みに脂汗をかいていた若手騎士の顔色が、みるみるよくなっていく。

「……あれ？」

自分の変化に気がついたのか、若手騎士が顔を上げた。

うん、鼻血が止まっている。

それに、目の周りにできていた青痣も消えているようだ。

若手騎士はおずおずと挙手をする。

「す、すみません。班長……なんだか、調子がよくなってきたような」

「馬鹿、無理をするな。そんなすぐによくなるわけが……よくな……ってるな？」

「はい……」

気まずそうな若手騎士。

それはそうだ。自分のせいで全体の演習がストップしていたのに、医師や隊長を呼びにいった途端に、「やっぱり平気でした」とは言い出しにくいだろう。

（タ、タイミング完全にミスった……っていうか、すごい効果だな、体力回復）

鼻血はともかく、青痣まで綺麗さっぱり消えてしまうなんて。

「事故があったそうですが、どうしましたか？」

「た、隊長！」

現れたのは、美形揃いの近衛騎士団の中でも一際目立つ美丈夫だった。

……っていうか、アインツさんだった。

「医務にも連絡を入れてあります。怪我の報告を」

てきぱきとした中にも、温かみというか……部下を心から心配している感じが伝わってくる、温かい声だ。まさに人徳。

「申し訳ございません、エーベルバッハ隊長。その……どう報告したらいいのかわからないのですが、治ったそうです」

「ん？」

アインツさんが、首をかしげる。

「ですから、その……治ったそうで」

「……。ふむ」

詳しい状況……とはいえ、要領を得ない説明を聞いたアインツさんは何かを納得したように、大きく頷いた。

「とにかく、大事にならずよかったですね」

にこりと微笑むアインツさん。

ややもすると嫌みっぽくなってしまいそうな柔らかい物腰も、ちっとも嫌みのない仕草に昇華している。さすがはアインツさんだ。

(丸く収めてくれてありがとう、アインツさん!)

アインツさんに感謝していると、ご本人と目が合った。

おや、もしかして私に気づいている?

茂みの中から、じっとアインツさんの様子をうかがっていると——。

(わっ! やっぱりバレてた!?)

アインツさんが、私に小さく手を振ってくれた。

なんというか、邪気のない人だな。

ひとしきり騒ぎが収まってから、アインツさんと落ち合った。

……というか、私の部屋まで手土産のお菓子を持ってきてくれたのだ。

蜂蜜たっぷりの揚げ菓子は、一口食べてわかる高級感だった。

「やはり、サクラ殿でしたか」

メアリーにお茶を用意してもらい、アインツさんをおもてなしする。

改めて、ぺこりと頭を下げた。

「おしゃわがしぇちまちた」

「いえ、逆に御礼を言わなくては。部下の怪我を治してくださり、ありがとうございます」

うーん、この。

誰も敵に回さない人徳というのか。

（アインツさんみたいな人が職場にいたら、色々円滑にいってたんだろうなぁ……）

逆に言えば、絶対に敵に回したくないのはこのタイプの人だよね。

なんとなく、アインツさんと対立すると自分に自信が持てなくなりそうだ。

「ところで、お加減に変わりはありませんか？」

「え、わたち？」

「はい。その右手のことについて、内々にリリィから伝達がありまして」

なるほど。ちゃんと情報共有してくれているんだ。

友人同士とはいえ、そのあたりに抜かりがないのはさすがだ。

仲良しグループのなあなあな幹事で仕事をしていないのは、ノアルさんたち同期三人組の尊敬できるところだね。

「えっと……とくに、へんかはないでしゅ」

「よかった。それはなによりです。リリィが色々と迷惑をかけそうだったので、心配していたのですよ」

「めーわく？」

たしかに、ちょっとひねくれているうえに猪突猛進《ちょとつもうしん》型というクセのある人ではあるけれど？

「その……彼女、魔導のことになると目の色が変わるので。もちろん、そこが彼女の天才たるゆえんでしょうし、僕なんかにはわからない世界を見ているのだなと感心するところなのですが」

ふむ。

ということは、この右手の紋章についてだろうな。

見てもらったあと、リリィさん目を輝かせて「色々調べてみる！」って鼻息を荒くしていたし。

魔力の流れを見通す、魔眼の持ち主であるリリィさんからすると、この紋章はかなり珍しいし興味をそそるものに見えるのだとか。

（私からすると、光ってないときには変わった形の赤い痣にしか見えないけどね）

ふーむ。

それなら、逆にこちらからリリィさんに会いにいってみようか。

もしかしたら、リリィさんと共同研究ができるかもしれない。心強い味方だ。

◆

「というわけで、来ました」

いつものリリィさんの執務室。

娯楽小説と書類や難解なメモ書きが、雑然と散らばっている。

「ふ、ふふふ」

怪しげな笑みを浮かべるリリィさん。

私は思わず身構える。

いたいけな三歳児に、何をするつもり⁉

「わかってるじゃないか、サクラ～！」

「きゃ～～っ！」

リリィさんにガバッと抱きつかれる。

逃げる間もなく、右手の紋章をまじまじと観察されてしまう。

な、なんだか恥ずかしいぞ。

「魔導のことなら、白魔力だろうと闇魔力だろうとあたしに相談しておけば間違いないんだ。さっすが、よーくわかってるな、サクラ！」

「あ、あはは」

軽い気持ちでやってきたことを、ちょっと後悔しはじめている私だった。

「ふむ、魔力の流れはかなり安定してきたな」

「そ、そう？」

っていうか、不安定だったのか。

それ、教えてくれないと困るよ……いや、「不安定ですよ」と言われたところで対処の方法がわからないから、変に不安になってしまうだけか。だったら、黙っててもらったほうがいいのか……

うん、わからなくなってきちゃった。

とりあえず、安定しているならいいだろう！

「もしかして、色々と魔術を使ってみたのか？」

「えっ」

「バレてるぞ～？　リリィさまの目はごまかせないって言っただろ」

隠しても仕方ない。

そう判断した私は、正直に白状しました。

アインツさんの隊で起きたドタバタ劇を舌っ足らずで話すと、リリィさんは爆笑していた。

「魔力ってのは、使わないと不安定になるからな」

ふぅん、そういうものか。

いわゆる、気の流れが滞ってしまう的なやつか。

「ってわけで、付き合えよ～。大聖女サマ？」

にまぁっと笑うリリィさん。

っていうか、そんな気軽に大聖女って呼ばないでください。

私の身分がばれるとすれば、絶対にリリィさんからだ……。

「つ、つきあうって、なにを」

「まずはあんたの使える魔術、全部見せてもらうぜ～」

「ええ……」

まあ、たいして長いリストじゃなかったからいいけど。

それに、私としても色々と実験したかったからちょうどいいな。

魔術の専門科が近くにいてくれるっていうのも、ありがたい。だって、私がひとりで魔術を使っても、上手くいっているかどうかすらわからないもんね。

「あ、そうそう。あと……これ、あんたに支払う分な」

「うえ？　しはらい？」

頭の上に「？」を浮かべていると、ドサッという音とともに目の前に革袋が置かれた。

これは……見るからに、財布ですね。

しかも、中身がけっこうたくさん入っている。

なんでしょう、これは。

「ほら、持っていきな」

「え、あ、わ、わたちが⁉」

どう考えても、三歳児に与えていい量のお金じゃないですけど？

リリィさんとでっかい革袋を見比べて震えていると。

「例の魔導具の開発費だよ。魔塵《まじん》の無力化ができる唯一無二の効能が認められて、正式に騎士団と軍部に採用されることになったみたいだぞ～」

「まどうぐ、ってあのハタキでしゅね」

図書館の掃除で活躍したアレだ。

まさか、あのハタキが騎士たちの装備になるとは。

魔塵《まじん》の影響を無力化するスカーフだ。

「あとは、スカーフとかだな」

原理はハタキとほぼ同じで、口の周りに巻いておけるスタイルの魔導具だ。

（魔導具っていっても、私がやったことは、雑に魔力を込めただけなんだけど！）

実際に本体を開発したのは、リリィさんたち魔術師だ。

「だいたい、新米騎士の年収くらいのマージンになったぞ」

「ね、ね、ねんっしゅうっ⁉」

新米騎士ってことは、これもしかしてお父さまの年収を稼いじゃったりしている？

ほれ、と改めて差し出された革袋を受け取って、ずっしりとした重みに途方にくれる。

すると。

リリィさんが不敵に笑った。

「……受け取ったな？」

「ひっ⁉」

「あたし、言ったよな。『とか』て」

「ま、ましゃか」

「今渡した金の八割は、すでにあがった利益の分配。残りの二割は、次の研究開発への協力費だ！」

「し、しまったぁ！」

やってしまった。

無警戒に受け取ってしまっていた。ふ、不覚！

「よーし、まだまだ開発するぞー！」

ひどい！　リリィさんに騙された！

嘆いても後の祭りだ。

「あたしに言わせれば、あんなものはまだまだプロトタイプだ！」

聖女の紋章で制御できるようになった魔力で、さらに色々な魔導具を開発するつもりらしい。

「ひ、ひえぇ……」

これは、忙しくなっちゃいそうだ。

といっても、リリィさんと一緒なら楽しそうだけれど。

……私の魔術の練習がてら、リリィさんの魔導具開発を手伝った結果。

私が神聖学院に入学するまでに、かなりの金額の貯金ができてしまうとは、このときは思ってもいなかったのです。

第29話　入学準備

——数年後。

私がもうすぐ六歳になる春がやってきた。

「これでよしっと！」

帝都大聖域の小さな祠をお掃除して、私は額の汗を拭う。

成長した私は、もう舌っ足らずなバブ口調ではない。

「でしゅ」ではなく、「です」！

最近は、喋りにくくてもどかしい思いをしなくなってきた。

神様に会った日以来、前世でやっていたのと同じように祠の手入れをすることにしたのだ。

毎日のお掃除のおかげか、ボロっぽさは軽減してきた気がする。

本来は帝都大聖域は禁足地に指定されているので、おいそれとは出入りできないのだけれど……

そこは、皇帝陛下《おじいちゃま》パワーでどうにかしてもらったというわけだ。

……というか。

私が見た夢が『お告げ』として正式に認定されたのだ。

帝都大聖域の祠を大切にせよ……と、帝孫である私が、神様（仮）から夢でお告げを受けましたというていで、私は無事に大聖域への出入りが許されたというわけ。

「ふんふんふーん♪」

持ち込んだバケツと雑巾を片付けて、ぱんぱんと柏手《かしわで》を打って手を合わせる。なんだか、昔に戻ったみたいだ。

それも、しばらくはお休みだけれど。

もう少ししたら私は、楽しみにしていた神聖学院の寮に入るのだ。

全寮制だというから、おいそれとは帝都に帰れない。その間の祠のお掃除を、誰か他の人に頼んでおかなくてはいけないな。

洞窟を通って、外に出る。

ノアルさんが待っていてくれた。

庶民用の馬に横乗りになっている。

いつもの黒ずくめの忍者っぽい戦闘服ではなくて、家庭教師然とした清楚《せいそ》でシックなスカートスタイルだ。着ている服でまったく印象が違うのは、さすが帝都隠密隊員といったところだ。

「もう掃除はいいのか？」

「うん、ありがとう！」

帝都のはずれ、奥の奥に隠されるようにしてある大聖域は人影もなく、行き帰りに通る道の治安も不安なところがある。

「さて。早く帰ろうか。明日からは学院だぞ」

「うんっ」

ノアルさんに連れられて、城に戻る。

すでに入学の準備は着々と進んでいて、あとは出発を待つばかりだ。

（楽しみだなぁ、学校生活……上流階級がたくさんいるっていうのは、ちょっと緊張するけど……）

一応は現代日本人である私にとって、正直、ごりごりの身分制度というのはちょっと野蛮に感じてしまう……けれど、前世で生きていた社会だって、目に見えないだけで「生まれ」だの「育ち」だのが、きっぱりと人間の生活圏を分けていたような気がする。私は生まれてから自分のまわりの世界しかしらないままで、ソシャゲの実況配信を横目にジャンクフードをかっこんで、介護とブラック労働に明け暮れて人生を（文字通り）消費しきってしまった。

（それなら、まだ目に見える「身分」があったほうが……いや、そんなこと絶対言っちゃだめだよ。私がこんなに恵まれてるラッキーガールだからそう思えるだけだよね）

田舎村の片隅で庶民として生きてきて、ある日急にお姫様になるなんて。

とんだシンデレラストーリーがあったものだ。


最近わかったことだけれど、この世界で生まれつき恵まれた身分にある人は、弱い立場の人たちを助けることが当たり前だとされている。それをしない貴族は、「恥知らず」扱い。世間様から責められることになる。

見栄とか建前とかだとしても、悪いことではない気がしてしまう。

（それに、能力や野心のある庶民でも、パトロンからの支援を受けて神聖学院に入る人もいるみたいだし……）

今度から通う学校は、「帝国社交界の縮図」とか呼ばれているらしいし、本当のところがわかってくるだろうが、なるべくややこしい人間関係とは距離をとって、ほのぼの学院ライフを送るぞ。

「ああ、そうそう。学院へは、私が付き添うことになりました」

「うん……えっ！　ノアルしゃんが⁉」

驚きすぎて、おもいっきり噛んだ。

付き添いの侍女を伴って入学することになるだろうって話は聞いていたけど、ノアルさんがどうして。

「てっきり、メアリーがいっしょにきてくれるっておもってた」

「ああ、彼女は王女殿下と宮廷魔導師殿のたっての希望で、『なるべく手をあけてやってくれ』とのことでな……〆切がどうのって」

「あー」

なるほど、たしかに私の学校生活に付き合わせたら、BL小説執筆どころではなさそうだ。いや、もしかしたら取材になるのかもしれないけれど……。

とにかく。どんどん新作を書いてほしいファンたちにとっては、彼女をみすみす手放したくはないだろう。

実際、私が聖女の紋章を手に入れて以来、体力回復《ヒール》で肩こりや眼精疲労を癒やし、集中力回復《リフレッシュ》で執筆効率を上げ……と、密かに支援を繰り返してきた結果、メアリーさんの作品発表数は今までにないほどに増えている。

『僕らの薔薇園』シリーズの他にも、いくつか立ち上げたシリーズはどれも根強いファンがいるようだ。……そんな状態で、どうしてメイドの仕事を続けてくれているのか、ちょっと疑問に思ってしまうけれど。

「メアリー、がんばっているものね」

「そうですね」

ノアルさんが頷いて、「それに」と付け足す。

「……隠匿水晶《ハーミット・ストーン》を壊されて以来、仕事にならないんだ」

「あっ」

身につけている人の魔力や気配を消してくれる、特別なペンダント。

……壊したのは、私です。はい。

「はわあ……ご、ごめ、ごめんなさっ」

「いえ。あの石を当て込んで隠密隊としての仕事をこなしていた状況は、間違いなく私の甘さによるもの。この数年、ちょっとずつ見直しをしていました。それで、あなたの護衛として付き添うことにしたというわけで」

「ごめんなさいいいぃぃ！」

あまりのことに私は平謝りである。

ノアルさんが、ちょっと不満そうにぼそっと呟く。

「まあ。あれを使って気配を消すことができるのが、私のアドバンテージだったんだが……」

「ほ、本当にごめんなさい。べんしょー……もむずかしいかもしれないけど」

「そうですね。あれは旅の巫女だった私の母が残していったものだったと聞いているので」

「うわーーーーーっ！　ぜったいこわしちゃだめなやちゅーーー!!」

自己嫌悪がすごい。だってそれ、形見ってやつでは。

どうしよう、何かの機会にこの失態を挽回《ばんかい》しなくては申し訳なさすぎる。

私が頭を抱えていると、ノアルさんが「ふふっ」と微笑む。あれ、もしかして、さっきの不満げな顔はお芝居だったのか……？

「まあ、いいんだ……あなたといるの、楽しいし」

「え？」

今、ノアルさんが何か言ってたような？

「なんでもない。アインツと話すきっかけができたことは感謝してるよ」

「あ、やっぱりノアルさんってアインツさんのこと……」

「なっ、なななな、何を言う！」

「きゃっ」

ノアルさんの大声で、馬が驚いてしまった。

危ない、振り落とされるところだった……。

とにかく。

ノアルさんが一緒に来てくれるのなら安心だ。

もうすぐ、学院に出立する予定日になる。

荷造りは完璧なはずだ。心強い同伴者もいるし……うん、とっても楽しみだな。

◆

「おっほほ〜〜、こりゃ可愛いのぅ！」

学院に出発する朝。

誰よりも上機嫌なのは、おじいちゃまだった。

威厳たっぷりの髭面をニコニコのえびす顔にしている。

なぜなら。

今、私は、制服を着ているからだ。

そう、六歳女子の制服姿である。

（もうこれは、孫のランドセル姿みたいなものでしょ！）

三歳の頃から変わらず、皇帝陛下《おじいちゃま》は孫にメロメロだった。

帝都騎士団と似たデザインの詰襟の上着は、六歳の私にはちょっと大きすぎる気がする。ちょっと萌《も》え袖ぎみだし。さらに、昭和の不良少女のごとくくるぶしまである長い吊りスカート。こっちは、私がチビなのではなくて、もともとこういうデザインなのだとか。ちょっと新鮮だ。

（これ、何回買い換えなきゃいけないんだろ……）

制服といって思い出すのは、中学生の頃。

私はあまりよろしくない家庭環境により、慢性的な寝不足で背が伸びなかった。それに対して、ぐんぐん背が伸びた同級生がいた。その子はなんと、在学中に毎年制服を買い換えることになったのだ……制服がピチピチのパツパツになるタイミングが、毎年夏休みだったのも悪かった。もう半年タイミングがズレていれば、先輩たちからのお下がりをもらえたかもしれないのに。

まだまだちびっこの私は、今後は成長期になり美しくナイスバディなキャラデザになっていくわけだ。そうなると、この制服は何度も買い換えなくてはならないだろう。

これ、かなり高そうなのですが……と考えたところで、思い出した。

私、王族だった。

今、目の前でニコニコしているおじいちゃまは、この国の皇帝陛下なのだ。

制服の買い換えにかかるお金を心配するのは、逆に失礼だ。

（一応、私が皇帝陛下の孫ってことは伏せておくんだけどね）

学院では、王族の遠い親戚という設定でいくことになっている。

「サクラちゃん、頑張ってね」

と、お母様。

続けて、お父様が私の頭を撫でる。

「といっても、頑張りすぎないようにな」

「う、うんっ！」

どっちだよ、と思うけれど。

でも、たぶん、どちらも本心なのだ。

親って、そういうものなのかも。

お父様とお母様と、あとおじいちゃま。

三人に見送られて、私は馬車に乗り込む。

神聖学院は、王都から少し離れた場所にある。

馬車で移動すれば一時間もかからない距離だけれど、しばらく住んでいた街を離れるのはなんだか寂しい。

北の村から夜逃げしてきたときには、「寂しい」なんて思う暇もないほど怒濤《どとう》の展開の連続だったから、なおさら感傷的になってしまうのかもしれない。

「足元に気をつけて」

「うん」

どこからどう見ても麗しの淑女といった装いのノアルさんにエスコートされて馬車に乗り込む。

といっても、ノアルさん自身が御者として、学院まで馬車を走らせてくれるのだけれど。

相変わらずなんでもできるんだ、この人。

ちなみに。

護衛として、アインツさんと数人の騎士団員が馬に乗って付き添ってくれることになっている。

文字通り、VIP待遇というやつだ。

「ノアルちゃんとアインツくんが一緒なら、護衛も必要ないわねぇ」

にこにこ顔のお母様。

いつの間にか、「ノアルちゃん」とか「アインツくん」とか呼んでいるし。

のほほんとして憎めない人柄だな、とは思っていたけれど、帝国の王女様という出自を考えると
この鷹揚《おうよう》さも納得してしまう。

「それでは、いってまいりますっ」

走り出した馬車の窓から身を乗り出して、ぶんぶんと手を振る。

家族に見送られて、神聖学院に向かう。

いよいよ、自由でのびのびした学院生活のスタートっていうわけだ。

馬車が王城の門をくぐる。

王都を馬車が、ぱかぽこガラガラ走る。

車輪がガラガラと石畳に擦れる走り心地は、全然慣れない。あたた、お尻が痛い！

「……ん？」

なんだか、外が騒がしい気がする。

そっと窓から様子をうかがってみると、街の人たちが手を振っている……私に向かって。

「聖女様、ばんざーい‼」

ご唱和していますね、はい。

「な、なにこれっ」

三年前から変わらない熱量で「ちいさな聖女様」に心酔している人がいるって聞いたけれど……

なんだか、多くないですか。もしかして、布教活動とかしてますか！

「か、かんべんしてよお」

とにかく、目立たずに平穏な幼少期を過ごしたいだけなのに！　私は思わず頭を抱えた。

学院には、妙な噂が広まっていませんように、と祈る。

とにかく、平穏に暮らしたいのだ。

断じて私はハイスペック大聖女なんかではなく、過労死レベルの周回性能なんてない、ごくごく普通の女の子なんですから。

……もう遅いとか、そんなことないからね。

第30話　はじめまして、神聖学院！

「到着しましたよ、サクラ殿」

馬車がゆっくりと止まる。

護衛についてきてくれたアインツさんが、馬車から降りる私をエスコートしてくれた。

疑似親子セミナー潜入作戦のときも思ったけれど、本当になんというか「ザ・イケメン」という人だ。この微笑みに、一体どれくらいの数の老若男女がくらっときていることだろう。

アインツさんの差し伸べた手を取って、ステップを降りる。

ここまで歩いてくれた馬を撫でているノアルさんは、しゃんと背筋を伸ばして絵になる立ち姿――その向こうにアルベルティア神聖学院が見えた。

「おおおおっ！」

お城だった。

質実剛健なちょっと要塞然とした帝都のお城とはまた別の、ザ・お城である。小さいけれど、明らかにオシャレ。というか、馬車の後ろを振り返ってみても、校門が見えない。ちょっとした森なのではないかというくらいに広大な庭園が広がっているのだ。

帝都の城にも、山や森はあったけれど、あれはどちらかというと要塞の一部というか、使用人たちが住むための敷地という感じだった。

とにかく、可愛いお城。

これが校舎らしい。

「中央棟と東棟が生徒たちの学び舎となっています。西棟は教職員の居住スペースや研究室ですね」

説明してくれたのは、アインツさんだった。

「生徒たちが住む寮は、城の後ろにある別棟です。一般生徒たちは、六つある建物に分かれて共同生活を送っています。サクラ殿は王族として、寮とは別に小さなハウスに住んでいただくことになるかと」

「え、いっけんや‼」

超絶ＶＩＰ待遇だった。

というか、本当にアインツさんはこの学院に詳しい。

馬たちを騎士団の人に引き渡したノアルさんが、ふふんと鼻を鳴らした。

「さすがは神聖学院の首席卒業生だな、しかも飛び級で」

「えっ！」

アインツさん、まさかの大先輩だった。

「あはは……職業学校に入るので、早め修了しただけだよ」

「いや、それを飛び級というんだろうに」

「そうなのかい？」

ノアルさんとアインツさんによる、夫婦漫才《めおとまんざい》である。

最近は、こうやってことあるごとにイチャイチャを見せつけてくるんだから。

というか、本当に優秀な人なんだな。アインツさんって……もちろん、ノアルさんも負けていないのだろうけれど。

（出る杭《くい》は打たれるっていうけど、この二人がすごく仲いいのって……お互いに、通じるところがあったんだろうなぁ）

出る杭、で思い出す。

右手に刻まれた、聖女の紋章だ。

（どうにか隠せないかな、これ）

明らかに異質なそれは、平穏無事な学院生活の妨げになりそうだ。

この紋章があれば「コントロール力」が上がるとかなんとか、そんなようなことを小さな神様は言っていたけれど。

――「莫大な力を操るには、そういう『媒《なかだち》』が必要だ。ほりゃ、巫女は幣を振り回すし、まほーつかいは杖をにぎってるだろ」だったか。

……って、いわれても。私は困ってしまう。

こんな、あからさまな烙印《らくいん》。

何か聞かれたときに、どうごまかそうか……と、そればかりを考えてしまう。

「ああ、そうだ。サクラ殿」

ノアルが、馬車に積み込んでいた大きなトランクの山からひとつ、小包を取り出した。とても、軽い。中には何が入っているのだろうか？

「これは？」

「どうぞ、開けてみてください」

「……てぶくろ？」

手袋だ。

小包の中に入っていたのは、レース編みの手袋だった。

それも、私の手にぴったりの子ども用サイズ。

「そちらは母君が……アマンダ王女殿下が、サクラ殿にと」

「おかあさまが？」

「紋章のことを気にしていらっしゃったので、『せめて可愛い手袋で隠せたらいいわね』と」

あっ、と私は息を呑んだ。

（そういえば、お母様……指に包帯を巻いてたじゃない？　もしかして、あれって）

出立のときに、いつもの朗らかな表情とは裏腹に目の下にクマがあった……ような気がする。もしかして、この手袋を作っていたのだろうか。

決して、手芸が得意な人ではないのは、北の村での生活で知っている。

「どうして、直接渡してくれなかったの？」

直接渡してくれればよかったのに。

こんなに、嬉しいプレゼントをくれたのに。

私はお母様に、ありがとうを言えていない。

「……新しい門出は憂いなく笑ってするものだから、と。アマンダ様からはうかがっています」

「そ、っか」

ちょっと、じーんとしてしまうじゃないか！　あのほんわかお嬢さまなお母様が、こんなふうに手袋を用意してくれていたなんて。マジの「かあさんが夜なべをして手袋編んでくれた」をやるなんて、あの人はもう、れっきとした王女様なのに！

「うん、ぴったりよ」

右手にレースの手袋をはめる。

それは私の手にぴったりと馴染んで、指の動きもちっとも制限されない。

仕立てのいい制服にも、不思議なくらいに馴染んでいる。

……そして、右手の紋章も、これならばほとんど見えないようになっている。

「とても、お似合いですよ。小さなレディ」

アインツさんが微笑んだ。

だから、この人はどうしてこう歯の浮くような……まあ、いいけれど！

「いこう、ノアルさん！」

私たちの当面の宿舎となる、王族用のハウスに駆けていく。

まずは荷解きをして、生活を整えなくては。

それが終わったら、夕食を兼ねた懇親会で他の生徒たちとの顔合わせという予定になっている。

一体、どんな同級生がいるのだろう。

……とにかく。

これから私の、わくわく異世界生活が始まるのだ。

異世界から召喚された聖女様だってことは、絶対にバレませんように。

あとがき

蛙田アメコです、ごきげんよう。

このたびは、『転生幼女は優しい家族とほのぼの異世界ライフを楽しみます　～救国の大聖女らしいですが、のんびり暮らしたいのでチート魔力はナイショでしゅっ！～』を手に取っていただき、ありがとうございます。

すばらしいイラストで作品に瑞々しいビジュアルを提供してくださった柴崎先生、ご担当いただきました編集の井上様、今回も丁寧な校正チェックをいただいた本田様にこの場をお借りして、厚く御礼を申し上げます。素敵な一冊にしていただき、ありがとうございます！

また、デザインや印刷、販促や営業を担ってくださった皆様、各書店の皆様、そして何よりも、数多くのノベルから本書を選んで手に取ってくださった読者の皆様に、心からの感謝を申し上げます。本当に嬉しいです。楽しんでいただけたら、何よりも幸いです。

そして、デビュー前に鷹山誠一先生からご指導いただいた創作論は、試行錯誤を繰り返すなかでも今でも指針のひとつになっております。感謝が絶えません。


さて。私事ですが、某モンスターをハントするゲームにドハマリしています。

デカいモンスターをしばき、ＮＰＣたちから頼りにされ、褒めちぎられ、そしてまたデカいモンスターをしばくゲームです。楽しい。メイン武器はハンマーです。デカい武器はいい……。

きっかけはゲーム用ＰＣを新調したことでした。某モン●ンを皮切りに、新旧さまざまなゲームをプレイして、大変充実したインプットをしております。作家というのは、あらゆる遊びを「インプット」ということにできてしまうのです。冗談抜きでとても刺激になっています。

社会人生活を始めてから、ながらく自分でゲームをプレイする時間と気力と環境がなく、ゲームから遠ざかっていました。解説動画やプレイ配信などを見て、なんとなく知っている気になっていたタイトルも、自分でやってみると新鮮で、楽しくて、上手くいったりいかなかったり……夢中になっているうちに時間が過ぎてしまいます。

まさしく、時間泥棒。カクヨムで連載しているときには気がつかなかったですが、泥蛙竜っていうネーミングがちょっとモ●ハン感がありますね。シンクロニシティ！

お忙しい方にとっても、なんだか暇でしかたがないなぁという方にとっても、本作を読んでくださっている瞬間が、新しい世界を楽しむ時間になりますように。

きっと現代社会において、忙しくない人なんていないと思うんですよね。

そんな日々の中でこの本を読んでくださって、ありがとうございます。

蛙田の作品を追いかけて読んでくださっている場合には、さらに感謝の上乗せをさせてください。

もっと面白い小説を書けるように精進していきます。ではでは、また別の機会にも（できれば続刊で！）お目にかかれることを心から祈っております。

それでは、ごきげんよう。

蛙田《かえるだ》アメコ

転生幼女は優しい家族と
ほのぼの異世界ライフを楽しみます
～救国の大聖女らしいですが、のんびり暮らしたいので
チート魔力はナイショでしゅっ！～

2025年1月5日　初版第1刷発行

著　者　蛙田アメコ

発行人　菊地修一

発行所　スターツ出版株式会社

〒104-0031　東京都中央区京橋1-3-1　八重洲口大栄ビル7F
TEL　03-6202-0386　(出版マーケティンググループ)
TEL　050-5538-5679 (書店様向けご注文専用ダイヤル)
URL　https://starts-pub.jp/

印刷所　大日本印刷株式会社

ISBN　978-4-8137-9406-6　C0093　Printed in Japan

[蛙田アメコ先生へのファンレター宛先]
〒104-0031　東京都中央区京橋1-3-1　八重洲口大栄ビル7F
スターツ出版(株)　書籍編集部気付　蛙田アメコ先生